Petra M. Klikovits

Inselsturm

Petra M. Klikovits

Inselsturm

Genehmigte Sonderausgabe für EDITION NOVA GmbH,
Hohenstaufenring 17, 50674 Köln

Umschlaggestaltung: Wildes Blut, Atelier für Gestaltung
Stephanie Weischer

Personen und Handlungen sind frei erfunden.
Ähnlichkeiten mit lebenden oder toten Personen
sind rein zufällig und nicht beabsichtigt,
wenngleich bei Gesellschaftssatiren unvermeidlich.

I

Rosa schlug den Koffer auf. Bisher war sie auf Urlaub gefahren für ein, zwei, höchstens vier Wochen. Wie viele Unterhosen man mitnahm für 14 Tage, wusste sie: 14. Wie viele aber sollte sie einpacken, für länger, vielleicht *für immer*?

Sie stopfte Socken und Handtücher in die Ecken, in der Mitte würden Hosen und Kleider Platz finden. Ich kann noch immer keinen Koffer packen!, dachte sie verzweifelt und wischte sich über das verschwitzte Gesicht.

Leicht gestresst sah sie aus, die langen braunen Haare hingen in Strähnen herunter, die Schminke war unter den Augen bereits verlaufen.

Ihr Blick glitt über das Chaos im Obergeschoss. Überall lagen Kleider ausgebreitet und Schuhe verstreut. Auf dem Bett türmten sich Röcke und Hosen, auf dem Sofa Blusen und Shirts. Zwischen den Wäschestücken hockten die Katzen Bubba Billian und Bubba Lillian und schauten sie aus großen Augen an.

Von Zeit zu Zeit versuchten die beiden in den Koffer zu springen, was Rosa zu verhindern wusste.

Durchs Fenster betrachtet mochte dies ein interessantes Schauspiel abgeben.

Das Läuten des Telefons erinnerte Rosa daran, dass sie eine psychologische Praxis am See führte, die betreut werden wollte. Sie zuckte zusammen, durchwühlte die Wäsche, die am Bett gestapelt lag, um ans Telefon zu gelangen.

»Praxis Dr. Talbot, guten Tag ..., ja, servus. Glücklichsein für Anfänger, natürlich ..., wie ausgemacht.«

Der Anruf ihrer Kollegin war wie das Anklopfen aus einer anderen Welt. Als hätte sich ein verflossener Liebhaber gemeldet, der wissen wollte, ob sie noch lebte. Höflich, aber reserviert ging sie auf Roxannes Angebot ein. Sie hatte sich sogleich im Griff. Ihre Stimme klang mechanisch.

Vor einem Jahr hatten sie vereinbart, den großen Meister der Glückseligkeit, den Rosa bislang nur aus Büchern kannte, persönlich zu erleben. Das Jahr war rasch vorübergegangen, zumindest für Rosa. Heute flog sie in ihren Tagträumen südwärts. Adios ...

War es Pflichtbewusstsein oder wollte sie die Studienkollegin nicht vergrämen? Tatsache war, dass sie soeben zugesagt hatte. Sie ließ sich in den nächsten Sessel fallen, auf die frisch gebügelten Blusen.

Und nun? Wollte sie es vor ihrem Abgang noch einmal wissen? Kollegen treffen, für die das Leben ihrer Klienten interessanter war als ihr eigenes? Vortragende, die nichts lieber taten, als sich im grauen Anzug oder dunkelblauen Kostüm vor die Kollegenschaft zu stellen, aus jeder Pore ›ich bin besser als ihr‹ schwitzend?

Sie strich die Haare aus dem Gesicht. Auch sie schwitzte, auch sie war aufgeregt. Sie wusste, dass das, worauf sie sich bisher berufen konnte – Ausbildung, Berufserfahrung und Routine – ihr *nichts* helfen würde bei dem, was sie nun vorhatte. Auf Wiedersehen altes – und Bienvenido neues Leben! Geräuschvoll blies sie die Luft aus.

Eine Tür war zugegangen, und eine andere war im Begriff aufzugehen. Was dahinter lag? Sie konnte es nicht ausmachen. Vielleicht zwei Zentimeter stand diese nun offen, es fehlten noch fünf oder zehn, um durchspähen zu können.

Sich in Bilder versenken, die Farben, den Geruch, ja sogar das Knarren der Tür wahrzunehmen, das konnte sie. Schade nur, dass diese jetzt nicht weiter aufging. Die schwere Tür mit dem runden Eisenring in der Mitte, die nach Räucherwerk eines indischen Tempels roch, blieb nach einem ausgedehnten Ahhhr einfach stehen.

»Rosa!« Es war Martis Stimme, die sie aus ihrem Tagtraum holte. Sie schlug die Augen auf, die Bubbas saßen zu ihrer Seite. Die schwarz-weißen Fellbündel als Mahnmal für meine Verantwortungslosigkeit?, schoss ihr durch den Kopf.

Im Alltag ungestört zu bleiben, war nicht leicht. Das war für sie als Fachfrau nicht anders als für jede andere Frau auf diesem Planeten. Sie sprang auf, fast hätte ihr Kreislauf die Kursänderung verpasst, und eilte die Stufen hinunter. Ein Mann stand mit Koffern in der Tür – und es war *ihrer*.

»Hallo, Schatz, ich stell nur schnell meine Sachen rein!«

Im Vorbeigehen küsste Marti sie auf die Stirn und verschwand im Bad, »mein Flieger hatte Verspätung, ich muss weiter zu einem Termin. Wie war's bei dir?«

Im Hintergrund war das Rauschen der Toilettenspülung zu vernehmen, nicht sehr romantisch. Rosa fühlte sich gerufen und verabschiedet zugleich.

»Wo ist jetzt mein Kännykkä*?« Er riss die Tür auf. Vor ihr stand ein blonder, großgewachsener Mann mittleren Alters mit heruntergelassener Hose, und sah sie verdattert an.

Sie blieb kühl. »Vielleicht hast du's im Klo versenkt?«

---

* Finnisch für Handy

Marti, ihren grandiosen Lebensabschnittspartner (TopLAP, wie Rosa ihn gern nannte) zog es nach den Projekten in Österreich wieder vermehrt in seine Heimat Finnland.

»Dort ist es so schön unkompliziert«, lachte er schelmisch, als sie nach dem Grund fragte. Marti nahm es in Kauf, alle zwei Wochen seinen Koffer zu packen. Rosa wusste allerdings nicht, ob das berufliche Angebot der einzige Grund war – Häuser planen konnte man doch überall.

Seit Kurzem kannte Rosa ein Land, wo alles noch eine Spur bürokratischer ablief, als sie es gewohnt war: Spanien. Um das Haus auf ihrer geliebten Insel kaufen zu können, musste sie zusammen mit Marti und den Freundinnen Unterlagen im Umfang eines Historienromans einreichen. Aber seit letzter Woche war der Kauf durch.

Das Haus.

Die Insel.

Ein Traum schien wahr zu werden.

Und gleichzeitig machte sich ein ungewohntes Gefühl in ihr breit.

Rosa klappte mit dem Bein den Kofferdeckel zu. Würde sie es schaffen, fortan nur mehr mit halbem Herzen Österreicherin zu sein? Ohne die neue Sprache zu beherrschen, würde sie stets Touristin bleiben. Keine Rede von unausgelasteter zweiter Herzhälfte, sondern – ja, was? Sentimentalität, vielleicht.

»Dónde está? Dónde está? Está aquí. Está alli!«, dudelte es aus dem Computer. Spanisch für Einsteiger, wir singen. »Wo ist es? Wo ist es? Es ist da. Es ist dort.«

Ein Grinsen huschte über ihr Gesicht. Falls mein Gepäck am Flughafen verloren gehen sollte, müsste ich unweigerlich zu trällern beginnen!

2

Zur selben Zeit saßen Rosas Freundinnen in einem Kaffeehaus in der schmucken Kleinstadt am See.

»Wann fahren wir endlich in unser Clubhaus?« Mona lutschte genüsslich an ihrem Lolli, dann streckte sie die Arme hoch.

Die Aussicht auf einen Aufenthalt am Vollmondstrand ließ bei den Mädels Vorfreude aufsteigen. Letztes Jahr hatte ihre Freundin Rosa eine Weintherapie entwickelt, die Önopsychologie. Sie war nachdenklich geworden, ob es Sinn machte, nur für andere da zu sein, und dann stand dieses wundervolle Häuschen zum Verkauf. Wer träumte nicht von einem Haus am Meer? Und warum sollten sie nicht das Verrückte Wirklichkeit werden lassen und es gemeinsam kaufen?

Can Amistad*, als Gemeinschaftsprojekt wurde es für jede der sechs Frauen erschwinglich. Kein Status-Objekt das 50 Wochen im Jahr leer stand, sollte es sein, sondern eine WG, die abwechselnd genutzt werden konnte. Jede der Frauen hatte mit einem Betrag, der in etwa dem Wert eines neuen

* Haus der Freundschaft

Autos entsprach, 2 Monate Aufenthalt im Jahr erworben. In der Handhabung der Zeiten wollte man flexibel bleiben, ebenso bei der Finanzierung, Marti sprang für Maria ein, die knapp bei Kasse war. Welch genialer Plan!

Monas Blick fiel durchs Fenster. Es war sonnig, einer der ersten Frühlingstage, bei dem man Lust bekam auf mehr. Sie, die Genießerin der Runde kam in der letzten Zeit selten dazu, das Leben von der sorglosen Seite zu betrachten. Aus der gemeinsam aufgebauten Werbeagentur hatte sie sich von ihrem geschiedenen Mann auszahlen lassen. Ein beruflicher Neustart stand am Plan.

»Wir haben bereits einen Termin. Hat Rosa nichts erzählt?« Maria war erstaunt. Als engste Vertraute war sie näher dran an den Veränderungen um die Freundin. Die beiden hatten zusammen die Uni besucht, und ein Zimmer im Internationalen Studentenheim geteilt. Damals war Maria aufgefallen, dass Rosa ihren Hang zum Tagtraum kultivierte, indem sie sich in Hypnose ausbilden ließ. Über Männer sprach Maria nicht, sie traf sich lieber mit ihnen. Seit der Geburt ihres mittlerweile erwachsenen Sohnes hatte sie ihr Herz auf Eis gelegt. Der Kindesvater hatte sich nicht einmal verabschiedet, mit dem kleinen Michi am Arm hatte sie aus dem Krankenhaus kommend, eine leer geräumte Wohnung vorgefunden.

»Nein, uns sagt ja keiner etwas!«, mischte sich Elli ein. Die Physiotherapeutin war die patente Pragmatikerin der Truppe und ließ sich kein A für ein O vormachen. Sie vertraute Rosas Weintherapie von dem Augenblick an, als sie revolutionäre Veränderungen in ihren Gedanken feststellen konnte. Der richtige Tropfen zur richtigen Zeit!, war fortan auch Ellis Motto.

»Das kommt daher, dass ihr nur einmal in der Woche eure Mails checkt!« Bibi wusste, was Sache war, sie selbst war mit dem Handy rund um die Uhr online. »Nichts ist so alt wie die Mail von gestern, Süße!« Bibi, in den höheren Etagen der Pharmaindustrie tätig, konnte nichts zur Änderung einmal gefasster Lebenspläne bewegen. Größtmögliche Autonomie war ihr erklärtes Ziel, alles andere hatte sich für sie als nutzloses Beiwerk entpuppt.

Alle sechs Frauen kannten einander von Kindesbeinen an, doch das war es nicht allein, was sie verband. Mit knapp über 40 hatten sie ihr Leben im Griff – plus ein paar ungelebter Sehnsüchte in petto. Während diese bei der einen Frau bereits schmerzten, blieben sie bei der anderen gerade noch im Rahmen, die Frage nach dem: was wäre wenn …

Es würde nicht mehr lange dauern, dann konnte das Haus auf Ibiza endlich seine Funktion erfüllen: den Mädels einen Ort für ihre geheimen Träume geben. Rosa würde den Anfang machen und ein paar Monate am Stück darin verbringen. Sie hatte es wahrlich nötig. Was sie dem Rest der Truppe verheimlichte: an eine Rückkehr dachte sie nicht. Auf und davon war ihr Motto. Kaum ein Lebensbereich, der im letzten Jahr nicht von öder Sinnentleerung betroffen war.

»Was glaubt ihr, wie es Rosi jetzt geht?« Jana zog den Satz in die Länge und ihre Stirn in Falten. Als Hüterin des Feuers im heimischen Schwedenofen war sie die ausgewiesene Exotin in der Runde. Verliebt, verlobt, verheiratet mit zwei Kindern und Familienhund galt sie für ihre Freundinnen als Ausstellungsstück in der Reihe ›bestaunbare Realität‹.

»Ich habe gehört, sie packt. Na, das kann dauern.« Elli verdrehte die Augen.

»Das wäre nichts für mich.« Mona rührte in ihrem Kapuziner*. »All die schönen Dinge, die ich hier lassen müsste, bei nur 20 Kilo Freigepäck!«

»Dafür hat sie dann Freiheit, du Nuss!«, entgegnete Bibi scharf.

---

* wienerisch: Kleiner Mokka mit einigen Tropfen Obers (bis er die Farbe der Kapuziner-Kutte annimmt)

3

Der Koffer war leidlich gepackt, letzte Besorgungen standen an. Langsam musste sie sich von den ihr wichtigen Menschen verabschieden. Rosa beschloss, beides miteinander zu verbinden, und mit ihrem Neffen in ein Outlet-Center zu fahren. Alfi konnte ein Griptape für sein Skateboard gebrauchen, und Rosa musste sich um neue Lieblingsschuhe umsehen, in die alten regnete es bereits hinein. Schon am Weg zu diesem Freizeitpark für Erwachsene beschlich Rosa ein mulmiges Gefühl. Als sie an einem Edeldesignerladen vorbeikamen, sah sie zwei Japanerinnen, die sich um eine weiße Handtasche balgten. Inklusive Haare raufen. Dabei hatte Rosa immer gedacht, Japanerinnen wären zurückhaltend!

Alfi gefiel die Szene, das Accessoire seine Jugendlichkeit unterstreichend, war schnell erstanden, und flott ging es weiter zu den Schuhen.

Rosa nahm ein Paar aus dem Regal. »Glaubst du, passen die zu mir, Alfi?«

In dieser Sekunde beging Rosa den Fehler, einen 16-Jährigen zu Dingen zu befragen, die jenseits seines geistigen Aktionsradius lagen. Also abseits von

Skateparks, dem Frequency Festival und gemixten Energydrinks.

»30 bis 33«, war Alfis lapidare Antwort. Rosa schluckte, ließ sich aber nicht verunsichern. Was wusste *der* schon!

»Und die hier?« Sie hielt abermals Sportschuhe in die Höhe, diesmal statt in hell- in dunkelblau.

»55 bis unendlich.« Dabei verzog Alfi das Gesicht.

Die Situation schien verfahren. Die Schuhe, die Rosa gefielen, schienen allesamt für eine andere Altersklasse bestimmt.

»Mhh, was hältst du von den hellgoldenen hier?«

»Leider nichts für dich. 20 bis 22.« Alfi schob seine Skater-Mütze nach hinten und zog sich mit geübtem Griff eine Haarsträhne ins Gesicht. »Ich sag die Wahrheit!«

»Und du meinst, da lässt sich nichts machen?« Rosa ließ nicht locker.

»Ich könnte deinen Ausweis fälschen, vielleicht geben sie dir dann die violetten hier, die sind für 28 bis 35.«

Sie glaubte, einen Anflug von Schmunzeln in Alfis Gesicht gesehen zu haben.

»Das könnte gehen.«

»Du meinst, als 35-Jährige gehe ich noch durch?«

Alfi überlegte kurz, immerhin ließ seine Tante gern ein paar Scheine springen, wenn er zum Einkaufen mitkam.

»Passt schon!«, antwortete er dann. Genau genommen befanden sich für Alfi *alle* Lebewesen über 25 auf dem Weg in die Unendlichkeit.

Den kommenden Abend wollte Rosa nicht wieder allein verbringen und hatte deshalb ein Treffen mit Maria an der Mole West ausgemacht. Jede Jahreszeit zauberte ihr eigenes reizvolles Farbenspiel auf und um den See. Langsam wurde es frühlingshaft grün.

Die beiden Frauen setzten sich an die Bar, mit Blick über das Wasser. Sogar von hinten betrachtet, wirkten sie höchst unterschiedlich: die zarte, quirlige Maria mit ihrer Vogelnestfrisur, und Rosa, die üppigere, ruhige mit dunklem Chignon. So verschieden sie äußerlich wirkten, so sehr waren sie Schwestern im Geiste. Selten, dass die eine Wichtiges entscheiden konnte, ohne die andere einzubinden. So auch heute.

»Sei froh, dass du dich bald verziehen kannst. Vorher musst du mir noch einen Tipp geben. Weißt du eine gute Supervisorin?«, Maria zündete sich eine Zigarette an und redete weiter, während der Rauch aus ihrem Mund quoll, »ich hab meiner Supi-Tante zum Geburtstag eine Mail mit einem

Blumenbild geschickt. Darauf hat sie geantwortet: Erstens war mein Geburtstag gestern, zweitens mag ich keine Blumen und drittens setzen Sie sich mit meinem Sekretariat in Verbindung, die sagen Ihnen schon, was Sie mir schenken können!«

»Die ist aber glasklar!«, antwortete Rosa halb erstaunt, halb amüsiert.

»Um nicht zu sagen, geradlinig wie ein Pfitschipfeil*! Ich bring's seither nicht fertig, sie nochmals anzurufen.«

»Das ist doch die ..., wie heißt sie nur?«

»Einmal ist sie während der Stunde eingeschlafen und hat danach gemeint, sie arbeite so viel, da müsse sie doch auch einmal ruhen. Ob wir es ihr nicht gönnen würden?«

»Das merk ich mir!« Rosa konnte sich kaum einkriegen vor Lachen.

»Weißt du, wie viele sich's richten konnten, solange die Psychoszene noch im Wildwuchs war? Ich sag nur, die Egomanen finden überall den Weg nach oben. Die sind darauf programmiert.«

»Und wo erscheint's legitimer, als sagen wir, in der Kirche ... oder bei uns?«, ergänzte Rosa, nachdem sie sich die Lachtränen aus den Augen gewischt hatte.

»Hilfe für die Menschheit! Einmal hast du ein

* Österreichisch für Flitzbogen

Naheverhältnis zu Gott, das andere Mal spielst du ihn gleich selbst.«

Das Lachen blieb den beiden im Hals stecken.

»Komm, lass uns was trinken, Rosi. Wir werden's heut und hier nicht ändern. Wir sind halt die Ameisen in diesem Riesenhaufen!«, Maria dämpfte ihre Zigarette aus, »übrigens, was empfiehlst du mir als meine persönliche Öno-psycho-login?«

»Gar nicht so einfach«, überlegte Rosa kurz, dann tippte sie sich an die Stirn und winkte den Kellner heran, »bring uns zwei Achtel von dem guten Messwein, du weißt schon!«

4

Rosa wollte nicht abreisen, ohne ihre Nichte Lina ein letztes Mal gesehen zu haben. Zu der resoluten jungen Dame hatte sie eine besondere Verbindung. Lina kam vorbei, wann immer sie Lust dazu hatte, erzählte von der Schule, Problemen beim Fortgehen oder ihrer nervigen Mutter.

Für heute hatten sich die beiden Frauen im Garten des Eissalons verabredet.

Es war kühl geworden, doch draußen sitzend konnten sie zumindest so tun, als wären sie in südlicheren Gefilden.

Das Mädchen sah sie aus großen, dunklen Augen an. »Was wirst du in Spanien machen, Tante Rosa?« ›Tante‹ hatte sie schon lange nicht mehr gesagt.

War es das Eis, das sie gerade gegessen hatte, oder war es ihre Gefühlsregung? Rosa verspürte einen Kloß im Hals.

»Ach, Lini, ich mach einfach Urlaub, nur eben länger, und vielleicht such ich mir auch Arbeit.«

»Aber das kannst du doch auch hier!«

»Ja, schon«, Rosa überlegte. Damit hatte sie nun nicht gerechnet, dass ihre Nichte Lina, 15 Jahre alt, ein Problem mit ihrem Weggehen haben könnte.

»Und Marti, kommt er mit?«, Lina neigte den Kopf zur Seite. »Ich würde nicht solange weg sein wollen, von dem Menschen, den ich liebe. Ich meine ..., ich weiß schon, dass das wehtun kann.«

Rosa horchte auf. »Hast du einen Freund, hab ich da was verpasst?«

Lina schüttelte ihr blondes Haar in den Nacken.

»Tja, Bewerber gibt es genug, aber der Jojo – der war halt etwas Besonderes.«

Rosa dachte nach, um die richtigen Worte zu finden, »weißt du, manchmal ist es wichtig, allein zu sein, auch wenn es wehtut. Manchmal bringt dich genau *das* weiter.« Lina blickte zu Boden.

Sie erinnerte sich daran, das Mädchen vor wenigen Wochen verstört an ihrer Wohnungstür aufgelesen zu haben. Jojo hatte Schluss gemacht, weil ihm eingefallen war, dass er die Megabraut an seiner Seite nie geliebt hatte. Wahrscheinlich hatte er in diesem Augenblick ›geliebt‹ mit ›verdient‹ verwechselt, so lief das ja zumeist. Dass sie Klein-Linchen nun in der Bösen-Buben-Falle wähnte, verschwieg Rosa lieber. Irgendwann fiel da jede Frau hinein, und je jünger sie war, desto früher fand sie vielleicht auch wieder heraus?

Wer weiß, Linchen war klug. Und frech.

Für einen Moment saßen die beiden still in den Metallsesseln. Rosa zog ihr Schultertuch fester um ihren Körper, als Lina ihr um den Hals fiel.

»Ich wünsch dir, dass du findest, wonach du suchst, aber mach schnell!«

Beim Heimfahren musste Rosa an den Blick und die Umarmung des Mädchens denken. Sie hatte sie umhalst, als wollte sie sich an einem Rettungsring festhalten.

Tu ich das Richtige?

Rosa kuschelte sich in ihren Umhang und drehte die Musik lauter: Die anan fohrn noch Ibiza, die andern nach Rovinj. Wir bleiben daham im Parkbad und machen Party in Kabine ...

Ach was, Lina war jung. Sie würde sich im nächsten Monat schon in einen Jojo reloaded Typen verlieben, und es wäre ihr gänzlich egal, ob sie ihre Tante ums Eck, in der nächsten größeren Stadt oder eben auf einer Insel *nicht* besuchen würde.

So war der Lauf der Welt, die Jungen wurden flügge und flogen aus. Warum also sollte sie, Rosa, Rücksicht nehmen? Und, bitteschön, wer nahm Rücksicht auf sie? Marti etwa? Ihn zog es zurück zu seinen Wurzeln und zu seinem Mökki*, zum Nacktbaden mit Freunden.

---

* typ. finnische Ferienhütte mit Sauna

Herr Marti Virtanen, ich erinnere Sie an Ihre Entscheidung, in die Fremde zu ziehen und sich mit einer Eingeborenen paaren zu wollen – also unterlassen Sie gefälligst die feigen Fluchttendenzen in Richtung finnische Nestwärme! – Das konnte sie schlecht vorbringen, und wenn, dann maximal am Salzamt*.

* wienerisch: Ort für aussichtslose Beschwerden

5

»Da seid ihr ja!« Rosa breitete die Arme aus und hielt inne. In der Ferne waren zwei Gestalten zu erkennen, es waren die Studienfreundinnen von früher. Als sie vor ihr standen, erschrak sie. Das Älterwerden bemerkte man immer zuerst an den anderen. Wie viele Jahre war es her, dass sie gedacht hatten, sie würden niemals so angepasst aussehen wie ihre Professorinnen? 25 oder nur 20?

Viel Zeit war vergangen.

Und ihre Blüte.

Es folgten Umarmungen.

Die Frauen rochen heute anders.

Rosa leckte beim Kaffeetrinken im ›Landtmann‹ den Milchschaum von den Lippen.

»Was arbeitest du jetzt?«

»Noch immer im Gesundheitsamt, halbwegs sicherer Posten, du weißt schon.« Die adrett gekleidete, rundliche Frau rückte ihre Brille zurecht.

»Und du, Roxanne, bist du noch in der Frauenförderung?«

Diese, sichtlich überrascht: »Nein, ich habe

einen Diagnostikvertrag und teste alles rauf und runter!« Nach einer kleinen Pause fuhr sie fort: »15 Jahre zittern, ob der Verein weiterbesteht, das zehrt, davon bin ich geheilt. Das sollen die Jungen machen. Und das WG-Leben erst!« Rosa sog am Strohhalm ihres Eiskaffees, bis er gurgelnde Geräusche von sich gab.

»Und du, Rosalie? Wie läuft es bei dir?«

»Ach, na ja.«

»Bist du noch in deiner Praxis?«

»Ja, so quasi ...«

»Was soll das heißen?« Die beiden anderen blickten von ihren Tassen auf.

»Nichts. Es ist alles wie immer«, log sie, um weiteren Fragen auszuweichen.

»Wir müssen langsam los, der Vortrag beginnt.« Rosa war aufgesprungen und zur Tür geeilt. Die beiden Frauen folgten ihr.

Was war noch mal das Thema? Ach ja, Glücklichsein. Warum hatte sie den Kolleginnen nichts von *ihrer* Glücksquelle erzählt? Alle Menschen wollen glücklich sein, aber es fällt schwer, jemand anderem sein Glück zu gönnen.

Rosa zog sich in die letzte Reihe des Vortragssaales zurück. Von hier aus wollte sie das Geschehen beobachten. So wenig Teil davon sein wie nur möglich. Die Kolleginnen hatten Spitzenplätze in der dritten Reihe ergattert und waren, ihrer Geschäftigkeit nach zu urteilen, darüber hocherfreut.

Wie in alten Studienzeiten, dachte Rosa. Sie war keine gewesen, die in der ersten Reihe Plätze besetzt hatte. Sie hatte es vorgezogen, mit dem Attribut Studentin versehen, sich umzusehen, was das Leben, außer diesem Schulbetrieb für Ältere, noch zu bieten hatte. Ob das heute auch noch möglich war? Politische Gruppierungen hatten sich rund um die Alma Mater getroffen; Theater-, Frauen-, Friedens-, Anti-Wehrdienstgruppen versuchten, den StudentInnen einen eigenen kritischen Standpunkt zu entlocken. Heute wurde auf Facebook gepostet, wie leid einem Unterdrückte, Hungernde und Rechtlose taten. Ihre Freundin Maria hatte dies so kommentiert: »Blöd nur, dass man von den vielen Gefällt mir-Klicks nicht abbeißen kann!«

6

Der Vortrag begann, und Rosa musterte verstohlen die Leute ringsum. Wie emsig sie sich Notizen machten, wie konzentriert sie den Ausführungen des Onkels aus Amerika lauschten. Frauen und Männer im allerbesten Alter ließen sich die Welt erklären, als hätten sie das Fach nicht selbst studiert.

Sie musste kurz eingenickt sein, denn sie sah einen Kasperl auftreten, die rote Zipfelmütze im Verstakt schwingend. Seid ihr alle da? Und die Kinder auf ihren Sitzen riefen: Jaja jaja jaaa!

Im Traum dachte sie: Hatten die Zuschauer etwa kein eigenes Leben? Die einen keine Erfahrungen gesammelt, wie kleine Mädchen Anhänger fürs Bettelarmband? Keine Mutproben absolviert, um über sich hinauszuwachsen, und die anderen sich zu viele Cuts geschlagen, die sie ihre Grenzen spüren ließen? Dazwischen blieb kein Raum, eine eigene Vision zu realisieren.

Oder fehlte es am Schneid, zu widersprechen? Musste immer jemand kommen, der alles besser wusste? Der Papi, der Herr Lehrer, der Herr Professor Freud?

Applaus. Der Nächste.

»Wusstest du, dass die Psychoanalyse gar nicht dafür gedacht war, zu heilen?«

Rosas Sitznachbarin hatte sich vorgebeugt, ihre wachen Augen waren in diesem Moment einprägsamer als ihre Stimme. Sie flüsterte, um den Vortragenden nicht zu stören. Dieser erging sich in der Theorie, wie das Glück eines Menschen statistisch voraussagbar wäre.

»Das hab ich schon gehört, ist lange her. Also, was meinst du?«, wandte sich Rosa ihr zu.

»Die Psychoanalyse war Lebensanschauung und Philosophie – die Linderung von Leiden war das zufällige Nebenprodukt und hat auch nicht so prima funktioniert. Übrigens, Freuds Haushälterin wusste davon.« Die Frau verdrehte bedeutungsvoll die Augen.

Rosa war überrascht. In der letzten Reihe machten sich die Menschen ihre eigenen Gedanken.

»Sag, stimmt es, dass die Therapeuten, die auf der Privat-Uni ausgebildet werden, gar keine rechtliche Anerkennung haben?«, ertönte es von der anderen Seite.

»Ja, das stimmt leider!«

»Wer unternimmt dann diese Odyssee?«

Eine junge Frau aus der Sitzreihe davor hatte mitgehört, die Emotionen ließen die Stimmen lauter werden als vorgehabt. Sie drehte sich um: »18-jährige Maturantinnen mit reichen Eltern, die sie finanzieren.«

»Das kann doch nicht wahr sein!«, entfuhr es Rosa, »zu meiner Zeit war es noch ein Ausschließungsgrund, wenn die Eltern die Ausbildung bezahlten. Wie sollte man in einem Abhängigkeitsverhältnis die Herkunftsfamilie in Frage stellen?«

»Einleuchtend, irgendwie«, flüsterte die junge Frau und setzte ihre Brille zurecht, »wie gesagt, *arbeiten* dürfen sie nachher sowieso nicht, zumindest nach heutiger Rechtslage.«

»Typisch österreichisch, wie das Rauchergesetz!«, mischte sich ein Bursche ein, fischte eine Zigarette aus der Packung und verließ den Saal in Richtung Ausgang.

Als die Vorträge zu Ende waren, verließ auch Rosa den Saal. Alle waren glücklich. Oder doch nicht?

7

Sturm auf die Insel! Zu sagen, ich geh weg, war *eine* Sache. Das zeigte Stärke, ließ einen interessant wirken. Und mutig!

Es zu tun, war schon schwieriger.

Bei ihren Patienten hatte Rosa den Joker für ›Ja (es wird gemacht)‹ oder ›Nein (es wird nur darüber geredet)‹ längst geknackt. Genauso wie für die Frage, ob ein Paar ein Paar bleiben würde. In einer Beziehung lag viel daran, ob beide Respekt füreinander aufbringen konnten. Sobald dieser sich verabschiedete – was sollte da noch helfen? Eine kaputte Tasse ließ sich kitten, aber wurde sie davon wieder heil? Mit gegenseitiger Achtung verhielt es sich genauso. War es deshalb so wichtig, im täglichen Umgang auf Geschirr und Gefühle gleichermaßen achtzugeben und sie nicht erst als wertvoll zu beklagen, wenn sie bereits am Boden lagen?

Rosa und Marti hatten im letzten Jahr einen Kurs in Liebestherapie belegt. Um einander besser verstehen zu lernen, sollten sie wiederholen, was der oder die andere gesagt hatte. Immer wieder. Das lief gut in der Praxis Sonnenschein, aber nicht so gut beim darauffolgenden Abendessen:

»Du hast gesagt, du wärst lieber nach Hause gegangen«, begann Rosa, »aber du weißt, dass der Kühlschrank leer ist, und deshalb sind wir in diesem Beisl gelandet.«

»Und *du* hast gesagt, dass es dir hier zu wenig romantisch ist und du ganz gern wieder mal schick ausgehen würdest«, entgegnete Marti.

Dazwischen der Kellner: »Also, was darf's sein?«

»Möchtest du hierbleiben, Schatz?«

»Du hast mich gefragt, ob ich hierbleiben will. Ich weiß nicht! Der Kellner hat gefragt, was es sein darf …«

»Du hast gesagt, du weißt es nicht …«

Der Kellner, schwitzend, mit einem Anflug von Grant* in der Stimme: »Ja, wer soll's denn wissen, gnä' Frau?«

»Der Kellner sagte, wer soll's wissen, gnä' …«

»Weißt du was? Wir gehen wieder!«

So endete der erste Tag ihrer Liebestherapie. Beide fuhren nach Hause und legten sich hungrig ins Bett. Sie konnten nicht einschlafen. Miteinander reden wollten sie aber auch nicht, viel zu kompliziert!

---

* wienerisch für Unmut

»Theoretisch«, begann Marti nach einer gefühlten Stunde, »ist diese Selbsterfahrungsgeschichte interessant, aber in der Praxis ... Ich rede ja wie mit meinem eigenen Echo!«

Einen Augenblick lang dachte er nach, dann fuhr er fort: »Wir brauchen keine Liebestherapie, wir brauchen einfach Zeit – und Nähe!«

Rosa hatte begonnen, es sich in Martis Achselhöhle gemütlich einzurichten und grummelte: »Grrhhmm, sehr gut ... grrmhh!«

»Ab jetzt gehen wir statt in die Praxis Sonnenschein schön was essen, danach ins Kino oder auf einen Cocktail. So wie früher«, er strich Rosa sanft übers Haar, »da haben wir uns freiwillig geliebt und nicht, damit sich der andere keine Sorgen macht!«

8

Energisch tippte Rosa in die Tastatur ihres Laptops.

›Ich hasse Abschiede! Das wisst ihr doch.‹

So sehr sie ihre Mädelsrunde liebte, so sehr hatte sie Schiss vor einem finalen Treffen. Es fiel ihr schwer, sich vorzustellen, wie sie in Zukunft ohne die Truppe auskommen sollte. Mit wem sollte sie in Zukunft herzlich ablästern, zum Himmel schreienden Blödsinn reden oder ausbleichende Erinnerungen auffrischen?

»Also, wenn du nicht zu einem Abschiedstreffen kommst, können wir für nichts garantieren!«

Das klang wie eine Drohung. Rosa schluckte. Die Mädels taten sich leicht, sie hatten sich weiterhin zu fünft. Sie hatte insgeheim auf einen Besuch im Sommer gehofft und sich schon darauf gefreut. Da war sie wohl voreilig gewesen.

Drei Fragezeichen waren rasch eingetippt und der Koffer fertig gepackt. In Gedanken ging sie den Inhalt noch einmal durch. Hatte sie alles mit? Zahnseide? Zahnbürste? Wer wollte schon mit heimischen Parodontosebakterien als Entourage auswandern? Na eben.

Alles auf Anfang, war ihr Motto!

Bubba Billian strich um ihre Beine. Der Kleine war mittlerweile zu einem stattlichen Leider-Nein-Kater herangewachsen. Irgendwann, in ancient times, war er männlich gewesen. Er hatte nicht raufen, wegbleiben oder ein Zähnchen verlieren sollen, und dann noch die Vorschrift – flugs war Billian zum Neutrum geschnippelt worden.

Ob er ihr deshalb grollte? Sie sah ihn an. Er erwiderte ihren Blick aus Chardonnay-in-Eiche-gelagerten Augen – und Rosa bekam Durst.

Einen kurzen Abstecher in den Club wollte sie unternehmen. Ganz allein und als Abschiedsmeditation. Zur Einstimmung für den morgigen Abflug in ein Land, in dem sie niemanden kannte und allein in einem ungewärmten Bett liegen würde.

Doch *sie* hatte es so gewollt, sie konnte sich nicht beklagen.

Eine liebe Kollegin kam ihr in den Sinn, die, nach zweieinhalb Jahren hormoneller Unterstützung endlich schwanger, meinte: »Das kann ich meinen Patientinnen doch nicht antun!« Rosa schulterte ihre bunte Umhängetasche und warf die Tür hinter sich ins Schloss. Sie konnte, und wie.

Entweder hatte sie die selbständigeren Menschen bei sich sitzen oder sie traute ihnen mehr zu.

Oder war *sie, Rosa,* einfach mehr Mensch geblieben und weniger Fachfrau, hatte nicht *alle* ihrer Gehirnzellen der Wissenschaft überantwortet?

Sie stieß die Tür des Lokals auf. Auf diese Frage wollte sie einen guten Tropfen auswählen, vielleicht einen ›*schwoaz weiß*‹ oder ›*schwoaz rot*‹. Einen authentischen Tropfen jedenfalls, der sie in Gedanken auch noch morgen wärmte.

Es war früher Abend, und außer einem Kellner war niemand da. Rosa setzte sich an die Bar.

»Einen Roten vom Butcher!«

Die Servierkraft nickte freundlich und verschwand wieder. Rosa steckte sich die verkrümmte Zigarette an, die sie in ihrer Jackentasche gefunden hatte. Besondere Ereignisse erforderten besondere Handlungen, Rauchen war eine davon. Der Tabak fühlte sich im Hals kratzig an. Da wurde auch schon ihr Wein serviert.

»Bitteschön. Einen Roten für die Dame!«

»Ja, danke schön!«

Der Kellner war neu, und Rosa zu aufgeregt, um sich an den Namen erinnern zu können.

»Kommt noch jemand?«

»Nein, danke. Passt schon.«

»Vielleicht etwas zum Knuspern?« Der junge Kellner zwinkerte ihr zu und stellte eine Schale mit Walnusskernen auf die Theke.

»Prost!« Allein für sich erhob Rosa das Glas. War dies die Einstimmung für ein Leben in der

Fremde? Der neue Kellner, das leere Lokal und Captain Slowhand, der ›Will I see you in heaven‹ weinte?

Sie trank ihr Glas in großen Schlucken leer, und die Eindrücke wurden langsam gedämpfter. Die weite Landschaft, der See, das Schilf und die Lettn*, all das war zu spüren in diesem Moment, in diesem Wein und durch ihre Vorstellungskraft.

Das Telefon setzte einen Kontrapunkt. Das Personal war außer Hörweite, folglich schaltete sich der Anrufbeantworter ein: »Club fine Wine and dine fine, wir sind in Kürze für Sie da, piep.« Rosa dämpfte gerade die Zigarette ab, als eine ihr bekannte Stimme ertönte: »Hallo, hier ist die Jana. Das wird nichts mit der Feier. Sorry für die Unannehmlichkeiten. Piep.«

Als die Servierkraft zwei Minuten später um die Ecke bog, fand sie ein wimmerndes Weib vor, das sich an der Bar festkrallte, als wollte es einem Swimmingpool ohne Leiter entsteigen.

»Uiuiui! Alles gut?«

»Hast du … einen Rioja … bitte?«, war alles, was Rosa in diesem Moment stammeln konnte.

Es half nichts, langsam musste sie sich umstellen. Es kam noch schlimmer.

---

* der schlammige Geruch des Steppensees

Nachdem sie einen Musikwunsch hatte äußern dürfen und tatsächlich eine CD von David Guetta auffindbar war, beruhigte sie sich ein wenig. Auf Ibiza hatte sie noch nie den Wunsch verspürt, den DJ zu sehen. Es verhielt sich wie mit Wiener Schnitzel; diese mundeten Rosa auch nur nach langem Aufenthalt in der Fremde.

Ganz in Gedanken an Essen war sie, als plötzlich die Tür aufgestoßen wurde. Ein Riesenexemplar von Kardinalschnitte*, samt Maria und Elli dahinter, erschien. Die gute Laune der Mädels schwand schlagartig, als sie Rosa allein an der Bar lehnen sahen.

»Was, sonst ist niemand da?«

»Es gibt keine Feier«, antwortete Rosa matt.

»Siehst du, ich hab's gleich gesagt, Elli, aber du hörst ja nur die Hälfte!«, bemerkte Maria harsch.

Ein wenig rührte es Rosa nun, dass die Mädels sie hatten überraschen wollen. So ein Blödsinn aber auch, sie war schon mitten drin in dieser Sentimentalitätsblase namens Abschied.

»Kommt, setzt euch zu mir!«, und an den jungen Kellner gewandt, »du darfst uns den jungen Hansi

* geradezu himmlische Wiener Süßspeise, hauptsächlich aus Baiser und Obers

Hölzel* spielen, den einzigen Popstar, den wir je hatten.«

Wie oft waren sie hier gesessen? Wie viele Männer hatten sie hier besprochen? Zuletzt war es Henry, den eine der Mädels auf einem Kongress kennengelernt hatte und der ihr nach dem Dessert, im rotierenden 92. Stock eines Restaurants in Chicago, einen weiteren Gang offerieren wollte, den diese als ›Anfrage zum gemeinsamen Toilettenbesuch‹ ablehnte.

Rosa hatte bisher nicht viel erzählen können, sie war mit Marti immer zufrieden gewesen, wie langweilig. Und nun, wo es interessant werden konnte, würde sie niemanden zum Quatschen haben.

»Wie geht's?« Rosa ging in die Offensive, um diese Frage nicht selbst beantworten zu müssen.

»Wir waren bei Ikea. Ich sag dir, das nächste Mal treib' ich mich auch um neun am Abend in der Bettenabteilung herum, das ist freitags *der* Geheimtipp.« Elli bekam rote Wangen, als sie weiter erzählte, »und das beste ist, man sieht gleich, wer Single ist und einem einsamen Wochenende entgegenblickt, sagt Maria.«

»Na *die* muss es ja wissen!« Rosa versuchte

* besser bekannt unter Falco

das Thema in die Länge zu ziehen, leider ohne Erfolg.

»Und?«, Maria blickte ihrer Freundin geradewegs in die Augen, »wie geht's dir?«

»Blendend. Endlich raus aus dem Kleinstadtmief, rein ins pralle Leben!« Rosa hatte schon überzeugender geklungen, befanden die Freundinnen.

»Und weg von deinen alten Lebensbegleiterinnen ...«

»Macht jetzt kein Theater! Maria, du hörst dich an wie mein eifersüchtiger Ehemann!«

»Apropos Fast-Ehemann: Bringt Marti dich hin oder fliegst du allein?«

Rosa nestelte an den Knöpfen ihrer Jacke. »Weiß ich nicht«, war die ebenso knappe wie ehrliche Antwort.

9

»Die Franzosen streiken schon wieder! Den Anschluss in Madrid kannst du vergessen!« Rosa schob einen Handgepäckskoffer vor sich her, zwei Umhängetaschen hatte sie quer über ihren Körper gezogen. Damit wirkte sie ziemlich bepackt.

»Wenigstens komm' ich in die Hauptstadt. Ich muss ja mal meine Hauptstadt sehen!«, entgegnete Rosa aufgeregt.

»Noch bist du keine Spanierin.«

»Aber bald. Ich habe gestern den letzten Teilbetrag überwiesen. Jetzt ist es fix, Herr Virtanen. Jetzt bist du mich los, fürs Erste!«

Marti lächelte, mehr gequält, und zog den Koffer hinter sich her. Was war darin nur so schwer? Das musste das aufblasbare Gästebett sein, das Rosa im Internet entdeckt hatte, und das sich in fünf Minuten quasi selbst erschaffen konnte.

»Hast du alles mit?«

»Marti, du klingst wie Oma Käthe. Sie hatte beim Abschied auch immer diesen Ton in der Stimme: Wenn du nur schon wieder zu Hause wärst!«

»Ich wollte wissen, ich meine, immerhin fährst

du nicht eben ins nächste Dorf, sondern weit weg für lange. Ich weiß gar nicht, für *wie* lange!«

»Lange eben. Mensch, Marti, jetzt mach mir keine Szene.« Sie blickte genervt um sich. Wie sehr sie Abschiede hasste, und dann noch in der Öffentlichkeit!

»Du und die Mädels«, zischte sie ihn an, »zuerst wollt ihr dass ich glücklich bin, und wenn ich es dann auch will, seid ihr so was von beleidigt!«

»Aber nein, was redest du?« Martis rote Gesichtsfarbe stand in Kontrast zu seinen hellen Augen und ließ ihn etwas hilflos erscheinen.

Mit ihm konnte man einfach nicht streiten, fand Rosa. Harmoniesüchtig bis 100, und wenn ihm etwas nicht passte, ging er einfach.

Proben, Sporteln, Arbeiten – bis zu seiner Rückkehr war natürlich nichts anders geworden, sondern lediglich leichter zu ertragen. War es nordische Gelassenheit oder die Unfähigkeit über seine Gefühle zu sprechen? Rosa hatte sich zu keinem eindeutigen Ergebnis durchringen können. Dass kein Mann gerne mit einer weiblichen Fachkraft sein Privatleben analysierte, und schon gar nicht mit der eigenen Frau, zog sie dabei nicht in Betracht, leider.

»Deinen Pass hast du? Geld, Papiere?«

»Ich bin erwachsen und kann auf mich aufpassen, Herr Virtanen. Kümmere du dich um die Bubbas!« Ihre geliebten Katzen musste Rosa zurücklassen, das fiel ihr nicht leicht. Nicht nur wegen der heilsamen Schnurrfrequenzen, die den Stubentigern neuerdings von ärztlicher Seite attestiert wurden. Die beiden fehlten ihr jetzt schon, besonders der kleine. Er war ein Draufgänger, der, wenn Singvögel im Angebot waren, ein halbes Dutzend in der Woche von den Bäumen holte. Die Überreste deponierte er mit Vorliebe vor Rosas Praxistür. Kein leichtes Los für Menschen mit Ornithophobie.*

Frau Doktor, da liegt ein – ähäm – Vogel mit separatem Kopf vor der Tür. – Schon wieder? Den letzten hab ich in der Mittagspause begraben! Dialoge dieser Art konnten vorkommen, wenn die Piepmätze unerfahren waren und Billian mit seinen sechseinhalb Kilo nur mittelflink sein musste, um sie zu fangen. Und dann seine Mutter Lillian. Die Katze mit der quietschrosa Nase, die sich ihre Streicheleinheiten durch Anstupsen holte. So wie manche Menschen das virtuell taten.

Anstupsen – Sie sind im Begriff XY anzustupsen. Okay? – Ja, gefällt mir.

Virtuell war es nicht dasselbe. Die wollene Schnurreinheit aus Liebe und Hingabe zu erfühlen, das tat wirklich gut.

»Machen wir's kurz, Marti. Danke, dass du mich

---

* Angst vor Vögeln

hergebracht hast. Wir sehen uns spätestens zu Halloween.«

Er umarmte sie wortlos und nickte.

»Und ruf an, wenn du was brauchst«, murmelte er und drehte sich schneller um, als ihr lieb war, letztlich.

10

In der Luft fand sie Abstand, nicht nur räumlich zur Erde. In dieser Begegnung mit Marti, warum war sie so hart gewesen? Vielleicht, um es sich nicht im letzten Moment anders zu überlegen. Umfallen, stopp, retour? Nein, danke.

Sie wollte nicht zu Hause versauern, während der Gespons sich ohne ihre geschätzte Begleitung auf Vergnügungstour begab. Schließlich wäre es nicht das erste Mal, dass Marti seine Angel in fremden Gewässern ausgeworfen hätte. Rosa war erst unlängst über ein Sauna-Video mit kichernden Mädchen gestolpert. Kleinlich, meinte Marti, darauf angesprochen, Sisu*, fand Rosa. So aufgeweckt er sich präsentierte, in kritischen Phasen kam seine nordische Unzugänglichkeit zum Vorschein.

Sie sah aus dem Fenster. Die italienischen Alpen waren zu erkennen, da ein kleiner See, wie hingespuckt, und dort einer. In den Tüpfelchen daneben wohnten Menschen.

* typ. finn: Kühnheit und Starrköpfigkeit

Männer und Frauen, sie liebten oder hassten sich, oder noch schlimmer, sie waren einander gleichgültig. Dabei fing die Liebe meist so wundervoll an, wie bei Marti und ihr.

Ja, so wollte sie angefasst werden von einem Mann, genau so! Alle anderen Männer waren mit einem Mal als ›nicht passend‹ entlarvt. Als hätten sie eine Kreuzschraube mit einem Imbusschlüssel einzudrehen versucht.

Marti passte. Das fühlte sie im Moment, in dem er seinen Arm um ihre Mitte legte. Er war ›eingerastet‹. Selbst jetzt konnte sie ihn spüren, wenn auch nur schwach. Es war mehr eine Ahnung. Er legte seinen Arm um ihre Mitte, nicht schüchtern, nicht fordernd, sondern genau richtig. Hier bin ich und hier bist du, sagte die Geste, und vielleicht gibt es uns bald als Paar.

Rosa kramte nach einem Taschentuch. Nun saß sie im Flugzeug, begleitet allein von unantastbaren Erinnerungen.

Ich muss ins Hier und Jetzt navigieren, anstatt in die Vergangenheit abzudriften!, gab sie sich selbst Anweisung. Also los. Ihr Blick blieb an ein paar Mitreisenden hängen, die – hoppla – gar nicht uninteressant wirkten. Frau überflog gerade die Côte d'Azur, als Rosa bemerkte, dass der Unbekannte in der Reihe schräg vor ihr bereits zum dritten Mal nach hinten lächelte. Er war in ihrem Alter, mit dunklen gewellten Haaren, braunen Augen und einem Ausdruck im Gesicht, als würden sie sich seit Jahren kennen. Wow!

Im Flirten war sie nie gut gewesen, fiel Rosa ein. Meist war sie zu aufgeregt oder konnte die Signale nicht richtig deuten. Das sollte nun anders werden! Rosa nahm die Karte mit den Sicherheitshinweisen zur Hand. Niemand sollte sehen, wie sie dahinter ihr Lächeln in Form brachte. War *das* zu viel oder *das* zu wenig? *Nun* passte es. Sie steckte das gefaltete Ding zurück und begann ungehindert ihre Jetzt-aber-Attitüde zu verströmen. Wie das Spaß machte! Ja, sie war eine unabhängige Frau, durchaus attraktiv, auf dem Weg in die Freiheit. Alles andere war so was von gestern!

»Papi, kannst du mir das aufmachen?« Ein Säckchen bunter Malstifte schwebte in ihr Gesichtsfeld.

»Entschuldigen Sie …« Der unbekannte Mann drehte sich ihr zu und lächelte wieder.

Oh wie süß! Wem das jetzt wohl galt? Egal.

Der Kleine klang niedlich, und man musste schließlich mit der Zeit gehen. Ein Mann, der den Frühlingsbeginn mit seinem geschätzt Fünfjährigen in Spanien erleben wollte, konnte so tröge nicht sein. Rosa antwortete mit Lächeln Nummer drei.

Vielleicht war das ja ein Wink des Schicksals? Mann und Kind im Doppelpack, gleich zum Mitnehmen.

Ein Gespons, schreiresistent und milde, mit vom Windeleimer-Hinaustragen gestählten Oberarmen auf der Suche nach der Mutter seines zweiten Kindes und Sex, der sein Leben veränderte?

Auf Rosas Gesicht huschte wie von selbst Lächeln Nummer eins. Sie begann, sich tief in die Augen des Wunderwuzzis* zu versenken, während dieser mit den Zähnen das Spielzeugsäckchen zu bezwingen versuchte.

»... die Mami schläft schon wieder«, raunzte es da von hinten.

Ein Schläfchen, das war auch für Rosa eine gute Idee gewesen. Sie streckte sich, soweit es das Platzangebot zuließ, und sah aus dem Fenster. Die Hauptstadt war bereits in Sichtweite, und der unbekannte Papi gefühlte 500 Meter weit entfernt. Aus den Augen! Sie hatte keine Lust, sich nur den Ansatz eines Gedankens zu machen. Sie war nicht mehr in der Praxis, also keine Probleme, bitte! Aussteigen stand am Programm. Danach Warten, Einsteigen und hoffentlich, endlich, Ankommen. Der bunte Flughafen in Madrid, seine Holzkonstruktion hätte sie Marti gern gezeigt. Aber sie war allein. Keine

* österreichisch für Tausendsassa

Patienten, keine Familie, keine Verpflichtungen. Rosa hatte bemerkt, dass sie mit jedem Kilometer, der sie weiter wegführte, entspannter wurde. Das war immer so gewesen. Ommh – bald würde sie am gepriesenen Eiland sein.

Die Orte auf Ibiza trugen allesamt Heiligennamen. Angeblich war es für betuchte Festland-Spanier der beste Ort, ihre allerletzte Ruhe zu finden. Das war, bevor Sinclair, Väth und Morillo die Clubs zum Beben brachten. Ganz Ibiza also ein Friedhof? Sie hatte immer gedacht, Neptun, der Gott der universalen Liebe, aber auch der Vernebelung, würde die Insel beherrschen, aber nein, laut ›Ibiza immer und überall‹ war es Pluto, der Wandler. Was sie betraf, konnten sich die Götter darüber streiten, Rosa würde sich, wie bei so vielem, auf ihr Gespür verlassen. Damit hatte sie schließlich 41 Jahre überlebt. Sie kramte in der Tasche nach etwas Süßem, dabei fiel ihr auf, wie seltsam es sich anfühlte, keinen Kalender bei sich zu tragen. Jetzt war sie wohl frei.

›Frau lauf weg, nimm dich selbst bei der Hand …‹ Das Chanson von Erika Pluhar kam ihr in den Sinn. In diesem Moment ging der Flieger auf Sinkflug, und eine lispelnde Spanierin kündigte die Landung an.

Die Insel lag ausgebreitet unter ihr, und die kupferrote Erde war das Erste, das sie sehen konnte. Still lief ihr eine Träne über die Wange. Die Umrisse der Windmühlen, die Marina und den Hügel mit der Altstadt von Eivissa, wie die Hauptstadt Ibizas auf Katalanisch heißt, wurden erkennbar.

Rosa wurde unruhig. Eine Welle begann in ihrem Körper rauf und runter zu laufen, als hätte jemand in ihrem Kopf Licht aufgedreht, als würde sie in Vanilleeis mit heißen Himbeeren baden, als hätte sie für immer Ferien!

Sie war hier.

Endlich.

Und ohne Rückflugticket.

11

»¡Hola!« Das Spanischlernen hatte sich gelohnt. Ihre Aussprache fand sie selbst schon ganz passabel.

»Tagchen! Du musst wohl die neue Nachbarin sein. Ich bin Frauke.«

Eine drahtige Frau um die 50 mit wehenden Haaren stand in der Tür.

»Ich hol mal deinen Schlüssel, komm rein!«

Rosa schob den gebatikten Vorhang beiseite und folgte Frauke ins Hausinnere. Orientalische Klänge erfüllten den Raum und an den Wänden waren Bildchen mit indischen Gottheiten aufgeklebt.

»Irgendwo hab ich ihn, setz dich doch.«

Rosa wählte einen Meditationshocker und ließ sich darauf nieder. Das Haus war genauso geschnitten wie ihres, sah aber ganz anders aus. Kein Sessel, auch kein Tisch. Es war farbenfroh und improvisiert, aber nicht unfreundlich eingerichtet.

»Gieß dir ruhig ’ne Tasse Tee ein. Ich komme gleich wieder, ne?«

Rosa nahm die marokkanische Kanne zur Hand. Ob der Becher hier schon benutzt war? Ach, da sehen wir drüber hinweg. Wir sind jetzt Hippie, dachte sie und führte die Tasse an die Lippen. Was sollte schon passieren – außer Hepatitis, Herpes, Schweinegrippe?

Als Frauke mit dem Schlüssel zurückkam, konnte sie nicht ahnen, in welch heroischer Stimmung sich Rosa befand. Sie, die ohne Desinfektionsspray in der Handtasche nicht das Haus verließ, saß am Boden und schlürfte die Tasse leer.

»Och, wieso hast du dir keine saubere genommen? Die ist …«

»Nein, nein!«, unterbrach Rosa. Sie wollte jetzt nicht hören, dass Frauke damit eine verstopfte Toilette ausgehoben, einer Spinne nach draußen verholfen oder sie nachts unter ihrem Bett versteckt hatte. Sie sprang auf, schnappte den Schlüssel und eilte zur Tür. So vernebelt es von Räucherwerk vermischt mit Zigarettenqualm auch war, die Gegebenheiten in ihrem eigenen Haus halfen Rosa bei der Orientierung.

»Komm doch mal rüber, ja?« Rosa bemerkte, wie sie Fraukes Art zu Sprechen kopierte. Das übernahmen wohl die Spiegelneuronen in ihrem Gehirn, dachte sie. Sympathie und Zusammengehörigkeit sollten sie schaffen, und beides konnte sie im Augenblick gut gebrauchen.

Sie stürzte nach draußen, beinah wäre sie im Vorgarten über ihren Koffer gestolpert, die Augen mussten sich an die Sonne gewöhnen. Erst jetzt fiel ihr auf, wie warm es war.

»Tschüss, mach ich!«, hörte sie Frauke rufen, dann bog sie um die Ecke. Und da war es, *ihr Haus*!

Es war schöner, als sie es in Erinnerung hatte. Frisch getüncht, mit karminroten Akzenten, der rote Oleander stand in voller Blüte und lehnte sich der Hausmauer entgegen. Die Dattelpalme in der Mitte des Gartens, die Zitronen- und Affenbrotbäume ringsherum – alles trug diese besondere Note, die Rosa vom ersten Augenblick in ihren Bann gezogen hatte. Und sollte die Welt um sie untergehen, sie war angekommen in ihrem Paradies!

Rosa ließ den Koffer fallen und stürmte auf die Terrasse. Es war wahr, wirklich wahr.

Wie in Zeitlupe sank sie in den nächsten Korbsessel. Und wie perfekt alles hergerichtet war, die Blumen gegossen, der Pool eingelassen, die Fenster geputzt. Beinahe unheimlich. Wie es wohl drinnen aussah? Sie öffnete die Tür – wie oft hatte sie davon geträumt – und schreckte zurück.

»Mein Gott!«, entfuhr es ihr. »Oh, mein Gott!«

Rosa kannte den Unterschied zwischen echt und unecht. Sie wusste, dass Dinge manchmal real erschienen, die es bei genauem Hinsehen jedoch nicht waren. Sie war auch nicht leicht zu täuschen, hatte sie gedacht. Aber was war *das*? Vor ihr lagen zwei schwarz-weiße Langhaar-Katzen, und nur die Tatsache, dass sie sich nicht bewegten, ließ Rosa zu der Annahme kommen, dass es sich *nicht* um Billian und Lillian handelte. Daneben lag eine Karte:

›Mein lieber Schatz,

damit du nicht so allein bist, habe ich dir die Bubbas ausstopfen lassen. Nein, Scherz – diese sind aus Plüsch. Ich wünsche dir eine gute Zeit. Fürs Erste findest du alles, was du brauchst, im Kühlschrank. Bedanke dich bei Lorenzo, dem Gärtner.

Kuss, Marti!‹

Rosa wusste gar nicht, was sie sagen sollte. Es war auch egal, es würde sowieso niemand hören. Sie war allein. Bis auf Frauke nebenan, war sie allein auf dem Hügel. Sie schluckte.

Neugierig und durstig zugleich ging sie daran, den Kühlschrank zu inspizieren: Tres Cava, aqua sin y con gas, leche, queso di cabra y Jamon iberico*. Sie balancierte die Köstlichkeiten auf die Terrasse.

»Ich weiß nicht, wieso Gott aus Frankreich kommen soll – dort streiken sie zur Stunde. Da ist es

---

* Drei Sekt, Wasser mit und ohne Kohlensäure, Milch, Ziegenkäse und luftgetrockneter Schinken.

doch *hier* viel angenehmer!«, dachte sie laut und musste lachen. Sprechen mit sich selbst war angesagt.

»Tatarata! Sie suchen einen angenehmen, sympathischen Gesprächspartner? Jemanden, der Sie versteht, dem Sie nicht alles dreimal erklären müssen? Jemanden, der schon beim ersten Satz weiß, wie Sie sich fühlen? – Dann sprechen Sie doch mal wieder mit sich selbst! Sie werden überrascht sein, wie gut Sie sich selbst verstehen können!«

Rosa kicherte in ihr Glas. Endlich konnte sie so albern sein, wie sie wollte. Ha, da war noch einiges drin!

Und dann fiel ihr auf, wie ruhig es um sie herum war.

12

Nun also war Rosa in Spanien. Sie hatte ihren smarten Lebensabschnittspartner, ihre fantastische Mädelsrunde, ihre beiden Katzen und ihre gut gehende Praxis zurückgelassen. Die Freundesrunde hatte das Haus erstanden, um es abwechselnd nutzen zu können. Diesen Teil der Geschichte verdrängte sie gern. Für sie war es ihr Haus und ihre Insel. Das hatte weniger mit materiellen Ansprüchen, als mit Neigung zu tun. Sie empfand es einfach so.

Wenn ich mich als Martis Frau empfunden hätte, wäre ich dann geblieben? Ach, Marti. Was er wohl ohne sie machte? Wahrscheinlich zurück nach Turku gehen, bunte Häuser aus Holz bauen und an Juhannus* mit blonden, nicht mehr ganz jungen Mädchen abfeiern. Skool! Hölkyn, kölkyn! Marti hatte gelernt, das Leben zu genießen. Aus jeder Situation hatte er bisher das Beste herausgeholt. Die Sonne musste über Turku aufgegangen sein, als er zur Welt kam. Bei Rosas Geburt war Wien eingeschneit. Der diensthabende Arzt erreichte das

* Mittsommer, Anlass für ein fröhliches Fest in Finnland

Spital gerade noch rechtzeitig zur Austreibungsphase. Und das an einem 20. Oktober. Ob das ein gutes Omen war?

Rosa hatte gelernt zu helfen, immer schon. Da zu sein, immer schon. Auf Abruf seelischen Beistand zu leisten. Ärger, Frust, Hoffnungslosigkeit zu ertragen mittels eines ihr in Fleisch und Blut übergegangenen Behandlungskonzeptes. Solange sie denken konnte, hatte sie das Unpassende, Fehlende, Noch-Nicht-Erlöste im Menschen gesehen. Warum also nicht einen Beruf daraus machen und anderen damit helfen?

Die Zeiteinteilung war gut, die Bezahlung nicht schlecht, die Sichtweise aufs Leben, die sich in 20 Jahren aufs Gemüt legte, allerdings einschränkend. Nun war sie Kummer gewohnt.

Wie wirkten 20 Jahre Buchhaltung auf den Menschen? Oder 20 Jahre als Sicherheitsbeamter bei den Gaswerken? Für den einen konnte der Einkauf ohne Kassenbon zur Katastrophe werden, und für den anderen der Aufenthalt in einem Zimmer ohne Feuerlöscher.

Das Leben wurde eng dadurch, dass man es täglich aus demselben Blickwinkel betrachtete.

»Das ist nicht obszön!«, hatte Maria einmal gemeint, »das ist halt so. Feuerwehrmänner sehen auf Partys potentielle Brandquellen und Zahnärzte bei Kaffeejausen das Lächeln ihrer zukünftigen Patienten. *So* ist das Leben, Süße!«

Sie hatten am See gesessen, an dieser verborgenen Stelle, die nur Einheimische kannten, und hatten eine Flasche ›*am See**‹ dabei. Der charakterstarke Wein und Rosas Dickkopf kamen gut klar an diesem Junitag.

»Ich will mich nicht an Kummer gewöhnen und ich wehre mich, eine andere zu werden, als ich bin.« Der bedeutungsschwere Satz war davon geschwebt und fügte sich in die umgebende Natur ein.

»Wer bist du, Rosa Talbot? Oder sagen wir besser, *was* davon kannst du nicht leben? Komm, erzähl's mir!«

Rosa hatte über das ruhige Wasser geschaut und seine Trägheit, die Dinge hinzunehmen, wie sie eben kamen, bewundert. »Ich weiß, wer ich bin, das macht es ja so schwer. In der Arbeit wiesle ich um meine Patienten herum, nehme mich komplett zurück, damit sie alles haben, um sich entfalten, ausdrücken, glücklich fühlen zu können. Das ist in Ordnung, aber *ich* will das endlich auch!«

»Was willst du?«

---

* Wein einer Winzergruppe

»Meine Ideen, Wünsche und Vorstellungen verwirklichen – nicht in einer Supervision, sondern in echt. Da hab ich doch auch … irgendwie … ein Recht darauf, oder?«

»Rosa, du denkst zu viel.« Maria hatte zu gestikulieren begonnen, wie sie es nur tat, wenn sie betroffen war.

»Glaubst du ernsthaft, die Mehrheit der Menschen will sich verwirklichen? Die wollen den günstigsten Flachbildfernseher, den neuesten BMW und eine Fernreise dorthin, wo der Nachbar gerade war. Die wollen maximal, dass alles wieder in Ordnung kommt – irgendwie!«

»Wenn du dich da nur nicht täuschst, Maria. Warum sind dann so viele ausgebrannt, frustriert und depressiv? Weil sie *mehr* brauchen.«

»Und was brauchen sie deiner Meinung nach noch um glücklich zu sein?«

»Einen Sinn!«

»Oh Gott, Rosi, komm runter: Der Sinn des Lebens! Du solltest mal wieder Monty Python schauen!«, Maria musste herzlich lachen über ihre eigene Idee, »die große Liebe und der Sinn des Lebens! Wir leben im 21. Jahrhundert, hast du das einkalkuliert?«

»Das tue ich. Und *du* redest wie eine megafrustrierte Dauerklientin.« Rosa hatte ausgetrunken und war unverstanden zurückgeblieben an diesem Tag.

Wieso erinnerte sie sich jetzt daran? Alleingelassen hatte sie sich damals gefühlt. Am selben Tag noch hatte sie die Tafel ›Praxis Dr. Talbot‹ abmontiert und zum Alteisen auf die Müllhalde gebracht. Äußerlich ging alles ganz rasch. Es wurde Zeit, dass sie innerlich nachzog. Das eine dauerte eine halbe Stunde, das andere offenbar länger. Aber Rosa hatte Zeit. Massenhaft sogar.

Das Kornblumenblau des Himmels, beinah unwirklich in seiner Intensität, Blütenkaskaden von Rosé bis Fuchsia und dazwischen die kupferfarbene Erde. Das Glitzern des Wassers im Pool, der sorgsam mit kleinen Mosaiksteinen ausgelegt war. Hie und da beruhigendes Gezirpe, das von bewaldeten Hügeln herüberwehte. Sonst nichts. Eine heilige Stille erfüllte den Ort. Kein Telefon, kein Straßenlärm, keine Diskussionen. Niemand, der dringend etwas brauchte. Rosa atmete tief durch, zog sich aus und glitt in den Pool. Ah, das Leben konnte so schön sein! Und gerecht.

Rrrsch, rrrsch, rrrsch, das Geräusch kam vom Kiesweg. Zum Nachdenken, wer da wohl kommen mochte, blieb keine Zeit. Frauke bog um die Ecke, mit einer Tasse in der Hand.

»Na, bist du schon angekommen?« Dass Rosa nackt im Pool schwamm, brachte Fraukes Blutdruck kein bisschen in Bewegung. Sie war anderes gewohnt, das konnte Rosa an ihrer Gestik ablesen.

»Fleur de Sel, hab ich selbst geerntet im letzten Sommer!« Sie stellte das Salz ab, und, als wäre es das Selbstverständlichste der Welt, sich vor einer Person, die man eben kennengelernt hatte, auszuziehen, folgte sie Rosa in den Pool nach.

»Herrlich, nicht? Ich hoffe, es stört dich nicht, aber ich komme jeden Tag zum Schwimmen her.«

Rosa schüttelte den Kopf. »Nein, natürlich nicht.«

Sie hechtete unter Wasser, um das Mosaik aus der Nähe zu betrachten. Delfine, große und kleine. Als sie auftauchte, saß Frauke bereits im Korbsessel und sonnte sich.

»Lass uns in die Stadt fahren!«

13

»Pass auf! Ist alles staubig hier.«

Rosa bemühte sich einzusteigen, ohne dabei schmutzig zu werden. Frauke startete den Wagen, der mit einem Ruckeln zu fahren begann.

»Jetzt erzähl mal. Was hast'n du vor hier?«

Rosa hatte schon gedacht, sie würde nie fragen.

»Ach, weißt du, ich brauche eine Schaffenspause.« Rosa sah aus dem Fenster, am Straßenrand zogen mannshohe Oleanderbüsche vorbei.

»Bist wohl Künstlerin, was?«

»So in der Art!« Über Rosas Gesicht huschte ein Lächeln. Die Bezeichnung gefiel ihr. Ja, Künstlerin, *das* wollte sie sein. »Und du?«

»Mal dieses, mal jenes. Ich bin seit 15 Jahren auf der Insel. Zu Beginn hab ich als Yogalehrerin gearbeitet, dann bei Freunden gewohnt. Immer ohne Plan, aber so ist die Insel. Sie gibt dir die Energie. Was du draus machst, ist deine Sache.«

»Und was machst du im Moment?«

»Schmuck, letztes Jahr hab ich eine Boutique gefunden, in der ich ausstellen kann. Seither fahre ich nicht mehr zum Hippiemarkt. Das Aufbauen der besten Plätze fängt schon um sechs Uhr morgens an. Ich sag dir, ohne Kohle kann es hier knüppelhart sein. Aber *irgendwie* läuft es immer!«

Sie öffnete ein Fenster, das Auto war nicht nur staubig, es hatte auch keine funktionierende Lüftung, von einer Klimaanlage ganz zu schweigen. Rosa wusste nicht, dass es einem auch Vorteile bringen konnte, in klapprigen Kisten unterwegs zu sein. Das war eine Erfahrung, die ihr noch bevorstand.

»Ich sehe mich erstmal um, ein bisschen was habe ich auch gespart«, log Rosa.

Wenn sie ein eigenes Auto fahren und dann und wann ausgehen wollte, würde sie sich schon bald Arbeit suchen müssen. Das schob sie in diesem Moment weit von sich.

»Mach mal Musik an, ich habe ein altes Duschradio unterm Sitz!«, schlug Frauke vor. Rosa bückte sich und holte eine gelbe Kordel hervor, ein Plastikteil in Entenform folgte.

»Du brauchst bloß am Hütchen zu drehen, dann geht es an.« Gesagt, getan. Eine Stimme, die klang, als hätte sie ›Wer wird Silbenmillionär in einer Minute?‹ gewonnen, ertönte.

»Dreh mal am Pürzel!« Rosa drehte am Hinterteil der Ente, und Musik rauschte auf.

»Geh mal auf Ibiza Global Radio – dort wird Englisch gesprochen.« Rosa schraubte sich durch verschiedene Musikrichtungen, von spanischem

Hansi-Hinterseer- bis Uffta-Uffta-Sound. Dann gab die Batterie auf.

»Macht nichts, lass uns was singen!« Frauke schaute begeistert zu ihr herüber. Ohne Rosas Reaktion abzuwarten, begann sie: »I am, what I am …«

»And what I am, needs no excuses!« Rosa war dabei. Gloria Gaynor passte sensationell, fanden beide. Bei der zweiten Wiederholung von ›I will survive‹ parkten sie gerade am Hafen ein. Mittlerweile war es dunkel geworden, und die Stadt begann sich mit Lichtern zu schmücken.

»Wenn du willst, zeig ich dir die Boutique in der Altstadt. Aber vorher lass uns was trinken. Was magst du?«

Rosa verspürte mit einem Mal einen Stich in der Brust. Die Freundinnen fielen ihr ein, wie sie geätzt hatten: Und, was wirst du trinken auf Ibiza? Sie wussten, wie gern Rosa die Weine ihrer Heimat verkostete. Eine eigene Wissenschaft hatte sie dazu entworfen, die Önopsychologie. Halb im Scherz, aber mit Impulsen zum Nachdenken. Trinken und wissen wozu, war Rosas Motto. Natürlich würde diese Halbwissenschaft ebenso mit spanischen Weinen funktionieren, dazu musste sie sich in die neue Materie vertiefen. In diesem Bereich stand ebenfalls alles auf Anfang.

»Weißt du, ich trinke keine harten Sachen, auch keine Cocktails oder so«, begann sie zaghaft.

»Ach, kiffen tu ich auch!«, unterbrach Frauke sie mit verständnisvollem Unterton.

»Nein, ich bin Weintrinkerin. Ich verkoste gern. Zwei oder drei Weingüter hab ich ausfindig gemacht auf der Insel. Dann ist bald Schluss, oder?« Frauke zog die Stirn in Falten.

»Eine Weintrinkerin aus Österreich! Weißte was? Da vorn ist eine Enoteca, ich glaube, da sind wir richtig!« Sie zog Rosa in eine Seitengasse.

14

Hoppla, hoppla, was ist jetzt los? Rosa stand zum Händewaschen auf der Toilette und versuchte zu rekonstruieren, was in der letzten Stunde abgelaufen war. Frauke ... die Neue in ihrem Hausverband ... und sie ... in Ibiza Stadt ... in einer Enoteca ... mit Carlos, einem Bekannten von Frauke ... der Neuen ... dem Kellner ... und Ibiza-Weinen! Das war's, alles klar.

Sie strich sich die Hände an der Bluse trocken und stieß mit dem Fuß die Flügeltür auf: It's showtime, folks!

»My friend Heideboden says«, begann Rosa, wieder zurück im Verkaufsraum, »he says, that ...«, sie musste sich erst umstellen, das Klima war anders, ihr Gegenüber in diesem Bereich unkundig, »that you can search for your home – everywhere ...«

Carlos lachte und erhob sein Glas »Bienvenido a la isla!« Rosa nahm einen letzten Schluck Tinto Crianza. Schluss für heute.

15

Bei Nacht sah ihr Haus ganz anders aus. Rosa verabschiedete sich von ihrer Nachbarin und nahm Kurs darauf. Ihr Schritt war locker, fast schon zu beschwingt für einen Kiesweg. Sie kramte den Schlüssel mit dem Blumenanhänger aus der Tasche. Zweimal musste sie zielen, bis sich das Schloss treffen ließ.

Ja, sie hatte getankt. Ohne vorher richtig zu essen, das war ein Fehler gewesen. Das positive daran war, sie würde rasch einschlafen. Ein mulmiges Gefühl beschlich sie. Allein hatte sie hier noch nie geschlafen.

Aber, was habe ich meinen Patienten erzählt? Alles musste einmal durchgestanden werden. Der erste Geburtstag in der Fremde, das erste Weihnachtsfest ohne Partner, der erste Abend ohne Teenies zu Hause. Ich bin eine gestandene Frau und als solche habe auch ich eine Achillesferse! Morgen werde ich mich besser fühlen, sprach sie sich selbst Mut zu.

Gewohntes und Neues erleben, Sicherheit und Freiheit, am Rockzipfel hängen und Loslassen waren die Koordinaten, innerhalb derer jeder Mensch seinen eigenen Weg finden musste. Hatte man etwas Neues gelernt, war es schließlich unumkehrbar. Dieser Gedanke faszinierte Rosa.

»Wenn du eine neue Sprache gelernt hast, kannst du den Vorgang nicht rückgängig machen«, hatte sie Bibi gegenüber einmal erwähnt. »Du verstehst sie unweigerlich, ohne es zu wollen.« Sie waren auf dem Weg nach Wien gewesen.

»Was willst du damit sagen? Spuck es aus!« Bibi blies eine rosa Kaugummiblase auf, die auch prompt zerplatzte. Seelenruhig lenkte sie den Wagen.

»Ich habe die Sprache der Seele gelernt. Ich kann nicht so tun, als würde ich sie nicht verstehen. Das ist in Ordnung, wenn ich in der Praxis bin, jedoch unangenehm, wenn ich meine Ruhe möchte.«

»Gib mir ein Beispiel!«

»Sagen wir, gestern im Club. Am Nebentisch sitzen ein Mann und eine Frau und sprechen darüber, dass man mit 30 unter Fremdgehen, Seitensprüngen und Nebenbeziehungen zu leiden hat. Ich frage mich, wieso leiden? Ist die neue Erfahrung besser als die alte? Bingo! Dann weiß man doch, was zu tun ist. Ist sie es nicht, dann ebenfalls Bingo! Noch mal Glück gehabt und Finger weg. Das war so eine Situation, wo ich wusste, wie es weitergeht.«

»Und?« Bibi kaute mit offenem Mund an ihrem

Kaugummi. »Wie geht es deiner Meinung nach weiter?«

»Er oder sie vögelt solange mit jemand anders, bis er, sie oder beide draufkommen: Uuuuiii, jetzt haben wir uns auseinandergelebt! Blöd nur, wenn die Außenbeziehung auch nicht besser ist. Sonst folgt das nächste Gewurschtel – oder das gefürchtete Alleinsein.«

»Und?« Bibi klang unbeeindruckt.

»Vielleicht klingt es überheblich, ich sehe so etwas im Vorhinein! Ich muss nicht täglich High Heels anprobieren, um zu wissen, dass ich in Ballerinas besser laufen kann.«

»Dann bringt dich wohl gar nichts mehr ins Schleudern«, erwiderte Bibi mit sarkastischem Unterton.

»Nun ja, ich werde mich, wie du weißt, bald aus meiner Komfortzone herausbegeben«, antwortete Rosa.

Eins muss man ihr lassen, dachte Bibi mit einem Seitenblick auf die Freundin: Sie nimmt nichts allzu ernst, am wenigsten sich selbst. Auf diese Weise kann sie ihr Umfeld – und ihr Umfeld sie ertragen.

Kuschelig eingepackt war sie damals gewesen. Jetzt war sie in ihrem neuen Zuhause, ohne Sicherheitsgurt – aber immer noch … mit Netz!

Rosa kramte nach ihrem Laptop. Notfall der erste, dachte sie.

Das Licht flackerte. Bald schon wurde sie angeschrieben.

›Wie geht's dir?‹ Es war Elli. ›Alles gut gelaufen?‹

›Logo‹, log Rosa. In Wahrheit war ihr schlecht und sie hatte Angst vorm allein Schlafen.

›Stell dir vor, einer meiner Exen hat eine Neue: Alex Anders ist in einer Beziehung, mit Herzchen, und sie hat vier Kinder angegeben. Eins, zwei und zweimal drei Jahre alt. Das gönn ich ihm!‹

›Es ist ein Wunder, dass die Leute nicht schon die Geburt ihrer Kinder auf Facebook ankündigen: Veranstaltung: Stella Maria Sophie wird am 3.3. um 15 Uhr per Kaiserschnitt entbunden. Nimmst du teil?‹

›*lol*. Was hast du heut gemacht, Süße, erzähl!‹

›Es ist grandios, das Haus, der Garten, und ich habe eine feine Nachbarin. Eben war ich mit ihr einen trinken!‹

›Du hast hoffentlich einen Weinvorrat aus Österreich mitgenommen?‹

›Im Koffer war nur Platz für eine einzige Flasche. Die ist für den Fall reserviert, dass ich Heimweh bekomme ;)‹

›Dr. Talbots Notfalltropfen, verstehe. Na dann, ich umarm dich.‹

›Ich dich auch.‹

Hoffentlich kann ich den önologischen Notfall länger hinauszögern als den kommunikativen, dachte Rosa. Sie musste morgen unbedingt eine spanische Telefonkarte besorgen, sonst würden sie die Abrechnungen in den Ruin treiben.

Bisher hatte Rosa es als allergrößten Luxus empfunden, sich keinerlei Sorgen um Geld zu machen. Sie lebte so, wie sie es für richtig hielt. Essen mit Freunden, alle zwei Monate ins Burgtheater, Bücher oder Kunst allgemein. Ausstellungsbesuche, oft auch im Ausland. Und Blumen, Blumen waren Nahrung für die Seele. Ab und zu ein Konzert, Musik war ebenfalls wichtig, wenngleich Rosa einräumen musste, auf Koloratursopran allergisch zu reagieren. Pustelbildung auf der Hautinnenseite, das war vielleicht nicht ganz weltoffen, aber so war es eben. Bei diagnostizierter Milchallergie war es auch nur vernünftig, zu Soja zu greifen! Rosa griff zu Jazz. Und Rosa trank dazu Tee. Ein Sonntagmorgen war dafür ideal, Marti lief sich die Seele aus dem Leib, sommers irgendwo draußen und winters auf dem Laufband, und Rosa versank in einer Zeitlosigkeit, die Keith Jarrett und Jasmintee verbreiteten. Rechnungen, Versicherungen, Verträge? Diese Unannehmlichkeiten ignorierte sie samt und sonders, solange es ging. Bevor sich eine echte Katastrophe abzeichnete, nahm sie sich einen teuren Spezialisten. Würde sie diese Lebensart hier beibehalten können? Rosa schlüpfte unter die Bettdecke. Das Licht am Nachttisch sollte anbleiben. Ihre Achillesferse schmerzte. Morgen früh würde sie Frauke nach ihrer Nummer fragen, gleich nachdem sie die neue Telefonkarte … Rosa hatte nicht gemerkt, dass sie eingeschlafen war, aber sie bemerkte, dass sie aufwachte. Ein eigentümliches Geräusch, wie ein Schleichen, war von draußen zu hören.

Oh Gott. Ich tu einfach, als wäre ich nicht da. Morgen also zum Handyshop, dann zu Frauke und dann in die Waffenhandlung – mein Pfefferspray liegt gemütlich zu Hause und langweilt sich!

Irgendwann war sie zu müde zum Fürchten – und schlief ein.

16

Wenn man Eigentum anmeldete, geriet man in den Sog von Verpflichtungen, dachte Rosa und schlug die ausgeblichene Streifendecke zurück. Frauke kannte mit Sicherheit einen Laden für Bettwäsche. Sie zog Pantoffeln und Morgenmantel an und schlurfte in die Küche. Vogelgezwitscher zauberte ein mattes Lächeln auf ihr Gesicht. Die Anspannung der letzten Wochen war deutlich zu spüren. Dieses noch erledigen, jenes nicht vergessen – nun war sie erledigt. Der Kiesweg gab Laut, und Rosa lugte aus dem Küchenfenster. Eine Frau mit streng zurückgekämmten Haaren ging durch den Garten. Aber es war nicht Frauke, Frauke war nicht schwarz. Frauke folgte hinterdrein. Welch ein Anblick, beide Frauen waren nackt, eine davon setzte sich eine gelbe Badehaube auf. Rosa ging ins Bad. Gut, die Nachbarin hatte ihre Schwimmstunde vorangemeldet. Rosa würde erst einmal ein Bad in der Wanne nehmen, dann würde man weiter sehen.

»Guten Morgen!« Rosa hatte zum ersten Mal ein mulmiges Gefühl, nicht nackt zu sein.

»Hi, Süße!« Frauke sagte exakt ›Süße‹ wie ihre

guten und vertrauten Freundinnen Maria, Bibi, Elli, Mona und Jana! Durfte sie das? Sie kannten sich doch kaum.

»Das ist meine Partnerin, Joy. Joy, this is our neighbour, Rosa. I told you.« Frauke tauchte unter.

»Hi Joy!« Sie nickten sich zu.

»How are you, Rosa?«

»Fine, thanks!«

»Fraukay told me, you are such a sweetie!«

»Well, did she?« Jetzt ging Rosa auf Tauchstation.

»I have to clean the house«, sagte sie, holte tief Luft und machte einen Satz aus dem Wasser.

Zum ersten Mal nahm sie sich Zeit, ihr Haus von innen zu betrachten. Weiße Wände, weiße Fliesen, angenehm kühl im Sommer. In sich gemusterte Vorhänge. Ansonsten nichts Unnützes, so sollte es sein. Sie wollte Raum für sich haben, aber farbenfroh sollte dieser schon sein!

17

»¡Hola, buenos dias!« Rosa betrat die Eisenhandlung, das einzige Geschäft außer dem Lebensmittelladen, das sie in dem kleinen Ort kannte.

»¡Hola, holaaa!«, kam es zurück.

Sie schlich durch die Gänge, um möglichst keine weiteren Aussagen auf Spanisch tätigen zu müssen. In diesem Geschäft gab es von Ameisenpulver bis Zucchinischäler alles. Auch Farben in verschiedenen Dosen, allesamt spanisch beschriftet.

»Suchst du etwas Bestimmtes?«

Der Satz ließ sie aufblicken. Sie wollte nicht auf Deutsch angesprochen werden, hieß es doch, sie würde schon auf den ersten Blick wie eine Touristin aussehen. In diesem Moment war sie allerdings dankbar dafür.

»Ich suche Wandfarbe.«

Der dunkelhaarige junge Mann nickte. Seine Dreadlocks mit ihm.

»Klar, welche Farbe?«

»Bunt!«, schoss die Antwort aus Rosa heraus, »ich meine, indischrosa, blitzblau, für den Anfang.«

Als wäre es das Alltäglichste auf der Welt, fünf eigens gemischte Farbtiegel zu besorgen, packte ihr Señor Dreadlock die Auswahl, die bunt wie ein Graffito leuchtete, zusammen.

»¡Hola, Guapa!«

»Hasta pronto«, entgegnete Rosa und winkte den Taxifahrer an ihre Seite. Jetzt noch am Supermarkt vorbei, dann konnte die Malaktion beginnen.

Was für ein wundervoller Tag! Auf den Straßen war es ruhig und doch lebendig. Ein paar Autos kurvten umher, Frauen gingen mit geflochtenen Körben zum Einkauf oder gossen die Blumen im Vorgarten. Die meisten Läden hatten noch geschlossen. Es gab keine Eile. Wozu auch?

Rosa kurbelte das Fenster herunter. Warme, würzige Luft wehte herein, aus der Ferne leuchtete das satte Grün der Hügel. Ein Hauch von Nebel ließ die Umgebung romantisch und zugleich unwirklich erscheinen. Wie viele Gesichter die Insel doch hatte. Im Sommer heiß, trocken und intensiv – und jetzt? Wohltuend, ja das war sie. Ruhig, freundlich und aufbauend.

Sie bezahlte den Fahrer und gab ihm ordentlich Trinkgeld, was diesen bewog, ihr beim Ausladen behilflich zu sein. Die zwei Hübschen (Guapas) waren weg.

Rosa setzte Kaffee auf und begann die Möbel in der Raummitte zusammenzustellen. Das Haus war nicht groß, weshalb die Aufgabe bald erledigt war.

Während sie den Filterkaffee probierte, überlegte sie, mit welcher Farbe sie beginnen wollte.

»Rosa!«, rief sie laut, wissend, dass nur sie selbst es hören konnte. Sie öffnete ihre persönliche Farbdose, Rosalies Rosa. Sie steckte den Finger in die glänzende, zähe Masse und rührte darin um. Rosa war eine Untertreibung, eine herrliche dazu.

Zuerst wurde abgeklebt, und dann ging es ans Streichen. Sie kam immer mehr in Fahrt und merkte nicht, wie zügig die Arbeit voranging. Zu Mittag war das Schlafzimmer fertig gestrichen. Ganz zum Schluss trat sie einen Schritt zurück und ließ den Farbenrausch auf sich wirken.

»Wow!« Die alte Bettwäsche stach unangenehm ins Auge. Weg damit!

Wenn Rosa etwas tat, dann gründlich. Sonst wäre sie nicht hier. Nur, bis sie soweit war …

Das ist, weil ich Waage mit Aszendent Widder bin, dachte sie. Das eine ist ausgleichend, aber irgendwann bekommt es Hörner!

Sie stopfte den Überzug in den Mülleimer. Mehr als eine verordnete Pause, denn aus einem Hungergefühl heraus ging sie zum Kühlschrank. Und nach dem Essen würde sie ein Schläfchen auf der Terrasse machen. War das ein Leben!

Das himmelschreiende Blau war Inhalt des Nachmittags, und das Gästezimmer war schneller fertig als gedacht. Ihr blieb noch so viel Zeit.

Die körperliche Arbeit gefiel Rosa. Sie widmete sich der Innengestaltung des Hauses sowie dem Anstrich von Wänden, Türen und Fenstern. Sie trug bekleckerte Latzhosen und konnte spüren, wie gut es tat, mit den Händen etwas fertigzubringen. An jedem Abend stand sie versonnen da und betrachtete, was sie verändert hatte. Mit dem wohlverdienten Feierabend kam die Gelegenheit zu einer Genuss-Zigarette. Seit einem Ferienjob als Feldarbeiterin in ihrer Jugend blieb dieser Wunsch, nach einem körperlich anstrengenden Tag die Füße hochzulegen und das kalorienreiche Mahl mit einem Belohnungszigaretterl abzuschließen.

Allein daran fehlte es heute. Rosa musste an das raucherfreundliche Ambiente in Fraukes Haus denken und beschloss, ihrer Nachbarin einen Besuch abzustatten. Sie klopfte ans Fenster, nichts rührte sich. Rosa registrierte ein Bedauern, nicht nur wegen der nun fehlenden Tschicks*. Es gab nichts mehr,

* wienerisch für Zigaretten

was sie noch anstreichen konnte, und sie fühlte sich seltsam allein.

Sie ging ins Haus zurück, nahm ein paar Früchte aus dem Kühlschrank und setzte sich auf die Terrasse. Mit den Beinen quer über den Esstisch gelegt begann sie, rote Weinbeeren zu verspeisen. Sie schmeckten süß und waren saftig-prall. Zu Hause wollte sie letztes Jahr eine Weinlaube pflanzen, hatte es Marti zuliebe jedoch unterlassen. Dieser befürchtete nämlich Anklänge an Scheißerl-Barock*. Vielleicht war es seine Angst vor Wespen? Fest stand, dass sie seinem Wunsch nachgekommen war und fortan ohne Weinlaube leben wollte, mit lediglich einem Paprikagericht in der Woche und ohne weiteren Nachwuchs. Nicht mal von Katzenseite! Das tat sie freiwillig, aus … tja, warum eigentlich?

Liebe braucht Kompromisse, jawohl! Also wurde stattdessen Bambus gepflanzt, von dem niemand gedacht hatte, dass er sternförmig, einem U-Bahnnetz gleich, austreiben würde. Zumindest machte dies Marti glücklich. Etwas anderes hätte er sich auch nicht zuzugeben getraut.

Ach, Marti, Rosa wollte ihn anrufen. Mist, sie hatte noch immer keine Wertkarte besorgt, stattdessen schon wieder einen Notfall!

---

* Martis Bezeichnung für verkitschte Nostalgie

Um diese Zeit arbeitete der TopLap zumeist am Computer und war somit online zu erreichen. Sie holte ihren Laptop aus dem Schrank und klickte sich rein – keine Antwort. Vielleicht war er ausgegangen. Rosa bemerkte, dass sie im Begriff war, ein ungewohntes Gefühl zu entwickeln. Sie spürte ein Ziehen im Magen und ein Drücken im Brustkorb, die Gedanken begannen einander zu jagen – nein, sie konnte es nicht glauben – doch! Sie war eifersüchtig. Dieses Drängen der Gedanken, darauf konnte sie gut und gern verzichten. Heimweh und Eifersucht waren Gefühlsregungen, die Rosa eher aus den Erzählungen ihrer Klienten kannte. Wieso war das nun anders? Noch dazu, wo *sie* gegangen war.

Rosa ließ ihren Blick in die Weite schweifen. Es war bereits dunkel, und ein zweidrittelvoller Mond leuchtete vom Himmel.

Ob er ihn jetzt auch ansieht?, schoss es ihr durch den Kopf, mit einer anderen?

Rosa fühlte sich klar, wie schon lange nicht mehr. Marti war ihre Docking-Station gewesen, ihr Backup und ihr Firefox. Und nun?

Manche Frau hätte kehrtgemacht, die Tasche gepackt und das Taxi gerufen. Rosa nicht. Dafür war sie zu stolz, zu eigenständig und zu neugierig. Jetzt, wo sie da war, wollte sie ihr Abenteuer auskosten. So wichtig waren Männer auch wieder nicht! Sie steckte die letzte Weinbeere in den Mund.

Es war das ewig gleiche Dilemma. Wie weit durfte Freiheit gehen? So weit, wie ich keinen anderen damit verletze, hatte sie als Achtjährige gelernt. Wie wusste man, wo das anfing? Und was, wenn man darauf, ausnahmsweise, keine Rücksicht nehmen konnte?

Willst du einen Gegenstand zusammendrücken, musst du ihn vorher sich ordentlich ausdehnen lassen. Rosa hatte Zuflucht genommen bei den 2.000 Jahre alten Tao-Schriften. Vielleicht war das ja die Lösung. Irgendetwas in Rosa wollte sich ausdehnen, bevor sie wieder jemanden an sich herandrücken konnte.

Rosa lag im Bett, das so anders roch wie das zu Hause, und wälzte sich von einer Seite auf die andere. Es war schön mit Marti, oder musste sie bereits sagen: Es war schön gewesen? Mit ihm hatte sie Life Changing Sex, wie das neuerdings hieß. Er fehlte ihr. Er war ihr Freund und noch viel mehr. So deutlich hatte sie das noch nie gespürt. Hatte sie etwa Heimweh … nach Marti?

Wenn sie ihn anrufen würde? Eine weiße Fahne tauchte vor ihrem geistigen Auge auf. Nein, nach

Kapitulation durfte es nicht aussehen. Auch er hatte schließlich Fehler gemacht … sich zu wenig gekümmert, ihre Liebe als selbstverständlich betrachtet, vor allem seine Wünsche durchsetzen wollen – und das waren die Verfehlungen, von denen sie *wusste*. Eine Pause würde ihnen beiden guttun. Mit diesem beruhigenden Gedanken schlief sie ein.

Als sie am nächsten Morgen die Augen aufschlug, hatte sie einen Gedanken: die Dachterrasse konnte noch gestrichen werden! In Apricot, nein, in Turboapricot. Müde allein vom Gedanken an so viel Turbo, setzte sie sich auf die Bettkante.

War da nicht schon einmal der Gedanke gewesen, dass sie, Rosa Talbot, eine enge Beziehung mit einem Begleiter namens Selbstmitleid führte? Jetzt aber! Dazu hatte sie sich nicht ihren Traum erfüllt, um hier mit ihm baden zu gehen.

Sie schlich ins Wohnzimmer und zog die dunklen Vorhänge auf. Siehe da, die Sonne lachte. Nicht nur ins Haus. Nein, irgendwie schaffte sie es heute weiter.

Da stand sie vor der offenen Terrassentür und blickte nach draußen. Mein Gott, sie *durfte* glücklich sein. Auch *sie* durfte das, nicht nur ihre Patientinnen und Patienten! Wie in Trance ging sie nach draußen. Sie hob die Arme und atmete ein, so tief es ging. Nun spürte sie es ganz deutlich: die Bleiweste war weg!

Sie machte kehrt und holte eine Pflanze aus dem Kühlschrank, fein säuberlich samt Erdscholle in Plastik verpackt. Fast hätte sie die vergessen, aber es war nicht zu spät. Einen Hauch von Leben hatte das Pflänzchen noch in sich.

Mit dem einzigen Messer, das nach mehr aussah, als zum Butter aufs Brot streichen, stocherte sie alsbald in der kupferroten Erde herum.

Zu Hause fiel ein Gänseblümchen niemandem auf. In jeder Wiese, jedem Park, jedem Fleckchen Rasen gab es unzählige davon. Hier, neben der Dattelpalme und dem Jasminstrauch, sah das Pflänzchen exotisch aus. Rosa ließ ausgiebig Wasser in die Pflanzmulde laufen.

Das Gefühl vom letzten Sommer, *genau hier* richtig zu sein – nun konnte sie es abermals fühlen. Sie montierte die Hängematte und legte sich hinein. Im Schatten der Oleanderbüsche wiegte sie der Wind, ihr Körper sog die Ruhe, die warme Luft und die sanfte Bewegung in sich auf. Stunden musste sie so dagelegen sein. Den Blick nach oben, in das schützende Dach der Palmen gerichtet. In ihrem Inneren fühlte es sich an, als würden die Körperzellen ein riesenbuntes Fest feiern. Wie zu Ostern, dachte sie. Ich fühle mich wie auferstanden, nur dass ich vorher nicht tot war. Zumindest nicht ganz.

Später verschwand die Sonne hinterm Nachbarhaus, und langsam wurde es kühl. Rosa rollte aus der Hängematte. Den ganzen Tag hatte sie hier gelegen. Dösend, wachend, schlafend. Die Muskeln hatten Ruhepause, und ihr Gehirn ein Schild in der Auslage, worauf stand: Bittschön, mir is's heut wurscht.

Dass so ein Lebensgefühl tatsächlich möglich war! Da hörte sie ein Auto zufahren. Ob der Besuch der Nachbarin galt oder ihr, würde sich bald zeigen. Rosa lief ins Haus, um sich etwas überzuwerfen, sie war noch immer im Nachthemd.

Es klopfte.

»Un momento!«

Sie öffnete die Tür und staunte. Vor ihr stand ein Mann um die 30, braungebrannt, mit bernsteinfarbenen Augen und dunklen Locken. Von irgendwoher kannte sie ihn.

»¡Hola!«, grüßte er freundlich. Rosa nickte, wusste aber nicht, wer, wann, wo.

»¡Hola Rosa! Frauke schickt mich. Du kennst mich noch? Ich bin Carlos!« Er streckte ihr die Hand entgegen. Genau, *der* war's! Von ihrem ersten Abend in der Enoteca.

»¡Hola, Carlos! Na freilich«, log sie, »wie geht's?«

»Muy bien, gracias.« Dabei strich er seinen Musketierbart zurecht. »Wir haben eine kleine Party am Strand. Magst du mitkommen?«

Mein persönlicher Spaß-Guide, warum nicht?, dachte Rosa.

»Ich hol nur meine Tasche.« Mit diesen Worten war sie ins Hausinnere gestartet und hatte die spanische Ausgabe eines Ehrenmannes in der Tür stehen lassen.

Wie verwegen er aussah, war ihr am ersten Tag auf der Insel gar nicht aufgefallen. Carlos war einen zweiten Blick wert.

Er fuhr ein altes, schmuckloses Vehikel, dessen dunkelrote Lackfarbe die Sonne ausgebleicht hatte. Sie rumpelten ein Stück meerwärts, und schon bald hörte Rosa Musik aus der Ferne erklingen. »Es ist da oben«, er deutete in Richtung eines kleinen Lokals, das über dem höchsten Punkt der Küste thronte. Rosa folgte seinen kundigen Schritten, und die Musik wurde lauter. Eine Dreierformation wurde sichtbar. Sängerin, Schlagzeuger, Bassist. Eine junge Frau in schwarzem Led-Zeppelin-Shirt sang ›Born to be wild‹. Dabei warf sie ihr langes Haar Janis-Joplin-like durch die Gegend. Die salzige Meeresluft vermischte sich mit dem Duft von Gegrilltem, und die Brandung im Hintergrund erinnerte Rosa daran, dass *das* soeben einer der schönsten Augenblicke war, den sie seit Langem erleben durfte.

Carlos drückte ihr eine Flasche Irgendwas in die Hand und lächelte. »¡Salud! Viva la vida!«

Es lebe das Leben!, dachte Rosa. Was war schon so spannend, wie einfach drauflos zu leben?

Mittlerweile hatte die Sängerin es geschafft, auf ihre eigene Version eines Elton-John-Liedes umzuschwenken. ›How wonderful life is while you are in the world … my gift is my song and this one's for you!‹ Wer dabei keine Gänsehaut bekam, war selbst schuld. Und da war er wieder, der Mond. Die Luft war klar und würzig, die Menschen höchst unterschiedlich, jeder, wie er sich gern mochte. Ein paar Ältere waren da, viele Junge, Große, Kleine, Dicke und Dünne. Was sie vereinte, war der Platz hier und ein, wie soll ich es nennen, dachte Rosa, ach, ich sag Spirit dazu.

Einiges war über die Insel hereingebrochen seit den goldenen Hippiezeiten. Und doch, sie konnte es nachempfinden, warum sie gerade hierher gekommen waren. In manchen Momenten konnte Rosa es spüren. Waren sie in den Siebzigern nicht aus demselben Grund gekommen, wie sie? Um dem gesellschaftlichen Höher, Weiter, Schneller den Rücken zu kehren und sich auf sich selbst zu besinnen? Was, bitteschön, hatte man denn, außer sich selbst?

Wenn du auf der Intensivstation liegst und nicht weißt, ob du morgen noch einmal die Augen öffnen darfst, dann weißt du, wie dein Leben weitergeht – wenn es weitergeht!, hatte ihr ein guter Freund anvertraut. In diesem Moment verstand sie ihn.

Jeder hatte dasselbe mitbekommen zu seiner Geburt. Das erste Geschenk war zu leben. Und es war ein Geschenk!

»U-h-u!« Frauke wedelte mit der Hand vor Rosas Augen und holte sie unsanft aus ihren Gedanken. »Na, bist du schon gelandet?«

Rosa blinzelte. »Wie man's nimmt.« Sie konnte Joy nirgendwo entdecken. »Und du, allein heute?«

»Allein bist du hier nur, wenn du es ausdrücklich wünschst!«, antwortete Frauke mit einem wissenden Grinsen. »Ich hab eine neue Nachbarin! Tengo una vecina nueva!« Mit diesen Worten umarmte sie Rosa. »Wir werden noch viel Spaß miteinander haben. Komm, lass uns tanzen!«

Wo war Carlos? Rosa ertappte sich dabei, das idyllische Areal mit ihrem inneren Auge abzutasten.

Carlos, das war ein Mann! Er brauchte sicherlich keine Fliegengitter oder Alarmanlagen. Er dachte nicht an morgen oder daran, was alles passieren konnte. Er lebte im Heute – und das reichte ihm.

Aber im Moment war er nirgendwo zu finden.

18

An diesem Abend hatte Marti versucht, Rosa zu erreichen. Sie hatte es gesehen, als sie gegen drei Uhr den Schlüssel gesucht hatte. Ob es zu spät war für einen Rückruf? Rosa drückte bereits die Taste.

Piiiiieep, piiiieep, piiiieeeep. »Ja, was ist?«, meldete sich eine überrascht klingende Stimme. Es kicherte im Hintergrund. Ein »Lass das, bitte …« folgte.

»Hallo, Marti-Schotzl!« Rosa war ein wenig irritiert. Es klang, als wäre selbiger nicht allein.

»Hallo, Mensch, dass ich dich endlich erwische! Wie geht es dir?« Marti hatte sich schnell gefasst.

»Gut. Und dir?«

»Lass uns morgen reden. Ich ruf dich an.« Marti war es, der diesen Vorschlag machte. Es kicherte abermals.

»Ich glaube auch, dass das besser ist«, antwortete Rosa nicht untheatralisch und drückte ab. Das war sie wieder, Martis andere Seite, über die er so ungern sprach, mit der er sie für dumm verkaufen wollte. Sie konnte nicht sagen, ob die Tränen, die ihr Körper nun produzierte, ihren Auftrag aus der Zorn- oder der Enttäuschungsabteilung erhalten hatten … Auf jeden Fall tropfte es von ihrem Kinn – und es fühlte sich nicht gut an.

Wenn sie es gewollt hätte, hätte sie ebenfalls einen Flirt haben können – vielleicht mit Carlos oder Señor Dreadlock aus der Eisenhandlung!

Sie putzte sich die Zähne und legte sich ins Bett. Abzuschminken gab es nicht viel. Alles hier war Natur pur.

Wieder nichts mit Einschlafen. Innerlich schimpfte sie sich, angeklopft zu haben an dieser Welt da draußen. Wozu war sie schließlich hierher gekommen?

Rosa saß kerzengerade im Bett. Es raschelte. Ach was, sie legte sich wieder hin. Ängstlichsein war vorbei, dafür hatte sie im Augenblick keinen Nerv.

Es war ein anderer Gedanke, der sie lange nicht einschlafen ließ: Was hatte sie mit Marti über die Zeit, wo sie getrennt wären, eigentlich vereinbart?

Der Wecker schrillte, und ein fremdes, strubbeliges Menschenkind blickte ihr aus dem Spiegel entgegen. Der Kopfpolster fühlte sich seltsam klamm an. Rosa zog die Vorhänge auf. Wieder ein schöner Tag.

Es bleibt mir nur eins, dachte sie. Mit einem Male fühlte sie sich beherzt, entweder ich heule, bis ich dehydriert bin, oder ich schau mich – ebenfalls – anderweitig um.

Letzteres brachte eindeutig das bessere Körpergefühl. Sie schmunzelte. Das war doch schnell geklärt.

Wow, war sie cool!

Und überhaupt, heute würde sie selbst schwimmen gehen am Morgen. Schließlich war es ihr Pool. Sie zog sich aus und köpfte ins Wasser. Erfrischt tauchte sie wieder auf. Ah, tat das gut! Und nun? Das Haus war ausgemalt, und das Gänseblümchen eingepflanzt. Das mitgebrachte Geld schwand dahin, und kein neues war in Aussicht. Rosa holte tief Luft und hechtete erneut unter Wasser. Irgendwie ginge es hier immer, hatte Frauke gesagt.

Ein Job könnte trotzdem nicht schaden, meldeten die Zellen aus dem Gehirnstamm.

19

»Hallo, Frau Bodo? Haben Sie Zeit?« Rosa hatte die Tür des Büros an der Marina aufgestoßen.

»Ja, das bin ich. Kommen Sie weiter!« Frau Bodo, eine Frau mittleren Alters mit akkurater Kurzhaarfrisur und in beigem Kostüm, blickte von ihrem Computer auf. Rosa war einen Schritt vorgetreten und befand sich mitten in dem kleinen Raum. »Na, was gibt's denn?«

»Frauke hat mir erzählt ...«

»Schmuck-Frauke?«, Frau Bodo schien mit einem Mal interessiert, »hat sie von dem Job erzählt, der bei mir frei geworden ist? Setzen Sie sich doch!«

Mit einer einladenden Handbewegung wies sie auf den Besucherstuhl.

»Genau. Frauke meint, es wäre ein Gewinn für uns beide.«

»Aha, meint sie das.« Frau Bodo taxierte sie: »Kennen Sie sich mit Computern aus?« Dabei zog sie die Brauen hoch.

»Ja, klar«, antwortete Rosa wahrheitsgemäß, »ich spreche auch einige Sprachen, nur Spanisch kann ich noch nicht.«

»Das ist nicht wichtig. Die Spanier kommen

meist mit dem eigenen Auto auf die Insel. Wann könnten Sie denn beginnen?« Ihre Gesichtszüge entspannten sich merklich.

»Im Prinzip ...« Rosa überlegte, ob sie sich etwas vergeben würde, wenn sie ehrlich wäre. Sie wollte keine Spielchen mehr spielen, sich interessant machen oder ihren Marktwert erhöhen. Sie wollte es so sagen, wie es war.

»Eigentlich jetzt gleich!« Rosas Stimme blieb ruhig.

»Na dann mal los!« Frau Bodo war aufgestanden und wies Rosa an, den Platz am Computer einzunehmen. »Wenn Sie Fragen haben, fragen Sie!«

Um 16 Uhr hatte Rosa einen Job und auch so etwas wie eine Aufgabe. Der Unterschied zu ihrer früheren Tätigkeit bestand darin, dass Rosa Autos anzubieten hatte, die vom Kunden mit Leben befüllt wurden. Viersitzer, Fünfsitzer oder Siebensitzer, viel mehr gab's nicht. Sie würde am Abend den Computer herunterfahren, und gut war's. Angenehme Aussichten waren das. Rosa zog auf dem Weg zu ihrem Wagen – die Bezeichnung neu schien in Anbetracht der Karosse unpassend – Zigaretten aus dem Automaten. Arbeit und Feierabend, so ging das. Ihr kleines grünes Gefährt, das als Gehaltsvorschuss herhalten durfte, war einfach zu fahren, quasi basic. Auskuppeln erforderte ein Reinsteigen bis zum Anschlag.

Ui, ui, ui, ein Fahrzeug war ihr eben gefährlich nahe gekommen. Doppelter Kreisverkehr und ungewohnter Lenkradeinschlag erforderten ein Konzentrationsausmaß, das Rosa heute nur mit Mühe aufbrachte.

Am Heimweg sah sie ein Schild leuchten. Tarte Flambée. Wie ferngesteuert fuhr sie der Ausspeisung entgegen. Sie war angekommen im Alltagsleben der Inselbewohner. Das Essen war günstig und lecker, die Atmosphäre locker und entspannt.

»Am Sonntag gibt es Live-Musik«, das Mädchen an der Bar lächelte und Rosa nickte erfreut. Von nun an würde sie ihre freie Zeit mehr genießen!

Marti rief an, und Rosa ignorierte es. Wozu sollten sie sich das antun? Nie hatte es zwischen ihnen Besitzansprüche gegeben. Warum also dann hier, tausendundnochwas Kilometer weit entfernt?

Rosa war müde vom Arbeiten, und das war gut so. Sie schlief bereits ein, während sie das Licht ausmachte.

Aufstehen, zur Arbeit fahren, essen gehen, heimkommen, schlafen. Ihr Leben hatte einen Rhythmus, und es gefiel ihr. Die Oberaufsicht im Büro hatte Frau Bodo, und Rosa war fleißig, überaus fleißig sogar. Am Mittag hielt sie Siesta, und abends um acht Uhr machte sie den Laden dicht. Dazwischen war das meiste vorhersehbar. So ein Leben kannte Rosa nicht. Keine schlimmen Träume in der Nacht, keine Gedanken wie, was, wenn sich doch jemand in der Zwischenzeit das Leben nimmt?

Rosa spürte, wie sie sich erholte. Die Gespräche in der kleinen Firma waren nett und freundlich, zumindest meistens, damit konnte sie gut umgehen. Zur Not mussten die Kunden eben ein anderes Auto nehmen, das war alles. So wie heute, als das Gefährt eine Stunde nach der Übergabe verbeult wieder vor der Tür stand. Die leicht irritierten Kunden bekamen ein neues Auto serviert, basta.

»Haben Sie gesehen, Rosa? Mein Horoskop hatte recht«, posaunte Frau Bodo nicht ohne Stolz. »Heute Vormittag müssen Sie mit einem unangenehmen Zwischenfall rechnen, der Sie zwingt, Ihre Pläne zu ändern. Lassen Sie Ihr Auto überprüfen! Der Mond steht im Quadrat zu Ihrem Uranus!« Sie nahm einen Schluck von ihrem Café con leche und lehnte sich zurück. »So ein Schaden wie vorhin passiert dann mal.«

Niemand konnte Rosa die Schuld geben, wenn er aus irgendeinem Grunde lebensmüde geworden war. Und falls jemand zu Tode kam, konnte sich niemand vor ihre Tür stellen, so wie diese eine Frau damals, deren Kind vom Vater totgeschlagen worden war, und sie stumm und anklagend ansehen ...

»Wir sind ihre Projektionsflächen, Baby!«, hatte Maria dazu gemeint. »Du hast gewusst, worauf du dich einlässt, Frau Doktor Talbot!«

Theoretisch ja, dachte Rosa. Aber dass es so viel Kraft kosten würde, hatte sie nicht eingeplant. Immerhin hatte weder Mann, Frau oder Kind besagter Familie je bei ihr auf der Couch gesessen.

»Und wettere nicht gegen die Abstinenzregel. Sie schützt uns!« Das hatte Rosa auch kapiert, nur war sie in der Provinz gewesen, wo fast jeder jeden kannte. Warum also sollte sie auf ein ›Frohe Ostern‹ nicht ›Danke, ebenso‹ antworten dürfen? Sie war nicht Lehrtherapeutin Eibel, zu der Rosa 10 Jahre lang gepilgert war, und ordinierte in einem Wiener Hochhaus. Rosa war schon froh gewesen, am Wochenende nicht im selben Lokal wie ihre Klienten abfeiern zu müssen.

Sie fuhr nach Hause. Es hatte zu regnen begonnen. Am Eingang blieb sie hängen und setzte sich unter das Vordach. Geprassel von Regentropfen. Endlich war sie hier gelandet, hatte das kleine Häuschen, ihre dritte Haut nach ihrem Gutdünken umgestaltet, hatte einen Brotberuf. So wie andere auch. Einen Job um Geld zu verdienen. Keine Berufung, oder die Möglichkeit sich selbst zu verwirklichen. Keine Herzensangelegenheit, die einen anfällig machte, über eigene Grenzen zu gehen. Jetzt stand sie, Rosa, dort wo alle anderen standen: Hinterm Tresen, an der Kasse, am Schreibtisch. Kein Einfühlen, kein Gescheit-Daherreden, kein Therapieplan und keine Verantwortung darüber, wie es dem Gegenüber nach einem Zusammentreffen gehen würde.

Sie war im Himmel! Und sie hatte noch genug Zeit, Perlen aufzufädeln.

Würde ein Sozialgefüge funktionieren, wenn Gebende und Nehmende ehrlich zueinander wären? Weit weg vom Erlösungsgedanken war der Altruismus dabei sich zu enttarnen. Alles was du gibst, gibst du in Wahrheit dir selbst – weil du es brauchst! Alternativen gefällig? Du hältst dich für besonders gut, oder willst mächtig sein, besser wurde es nicht mehr... Die Eibel hätte gütig gelächelt zu dieser Erkenntnis. Hatte sie die Büchse der Pandora bereits ein zweites Mal geöffnet?

Das freie Leben, ein Traum. Helfen als Lebensaufgabe, eine Illusion. Der Donner hier, die Entzauberung.

Der Regen rann unbeirrt weiter. Er kümmerte sich nicht darum, von Rosa zum Anlass genommen zu werden, das Leben bis in seine Fugen zu erkunden. Sie konnte ihn riechen, ihn hören und spüren, sobald sie die Hand ausstreckte. Fruchtbringender Aprilregen, auf Rhododendron klangen die Tropfen anders als auf Agavenblättern … sie schloss die Augen. Das nannte man wohl das Leben spüren.

Für manche war es schon vorbei. Wie für Rico, fiel ihr plötzlich ein. Sie setzte sich gerade, ihr Herz klopfte bis zum Hals. Ein Anruf hatte alles verändert, damals. Ricos Vater war in der Leitung gewesen und Rosa hatte ihm erklärt, an wen er sich wenden konnte. Vielleicht hatte er gedacht, er würde es alleine schaffen. Er würde nicht wieder auszucken und die Nerven verlieren. Oder er hatte gehofft, alles würde dadurch gut werden, dass er bei einer Psychologin angerufen und sie angelogen hatte. Sein Sohn hätte ein Problem … ja, dachte Rosa, drei Tage später: Rico hatte fürwahr ein Problem gehabt: seinen Vater. In der Zeitung hatte sie lesen können, dass für den Kleinen jede Hilfe zu spät kommen würde. Rico war tot. An die Wand geknallt. Schade, dass die Selbsttherapie nicht geklappt hatte, dachte sein Vater.

Hätte sie nicht irgendetwas tun können? Sie hasste das Wort, aber sie war nicht zuständig gewesen. Was, wenn sich Keine und Keiner zuständig gefühlt hatte, das Leben des Kleinen zu beschützen? War es nicht ihre menschliche Pflicht, zu helfen? Und, wo fing diese an? Neben, ober- oder unterhalb der therapeutisch-psychologischen? Und wann hätte sie schlafen sollen? Sie hatte keinen Platz frei gehabt.

Rosa war bisher gut klargekommen, allein auf den Inhalt der 50 Minuten einzugehen. Bis zu diesem Notfall, von dem sie nicht wusste, dass es einer war. Für den sie beruflich nicht zu belangen war – der jedoch menschlich schwer auf ihr lastete.

Wo fing ›Helfen als Beruf‹ an, oder besser gesagt: wo hörte es auf?

›Sie trifft keine Schuld, sie haben völlig korrekt gehandelt‹, hatte die Eibel geflötet, doch Rosa wollte nicht getröstet werden. Sie wollte wieder ein eigenes Leben. Und das wollte sie spüren!

20

Auf der Insel fühlte Rosa sich geborgen. Die Wochen vergingen, der Klatschmohn verblühte, und der Sommer zog ins Iberico-Land.

›Rosalita, que tal?‹, die Freundinnen hatten in der Zwischenzeit ein paar Brocken Spanisch gelernt.

›Hallo, Maria, meine Süße‹, schrieb sie zurück.

›Du weißt ja gar nicht, was sich hier tut.‹

›Na dann, los, erzähl's mir‹, antwortete Rosa.

›Also, die Elli surft jetzt wieder. Weißt eh, die kann das ja. Aber jetzt hat sie auf der anderen Seite des Sees ihren Meister gefunden.‹

›Wie, was?‹

›Sie war bei einem Wettkampf, und da hat es sie erwischt.‹

›Was sagt die Jana dazu? Müssen wir ihn in Erinnerung behalten?‹

›Vielleicht, ist wohl noch zu früh, aber sie ist ganz verändert!‹

›Wie verändert?‹, schrieb Rosa.

›Anders, ich kann es schwer sagen. Du müsstest sie sehen.‹ Rosa atmete tief durch und zündete sich eine Zigarette an. Jetzt wäre sie gern mit den Mädels im Club.

Um sich abzulenken schrieb sie: ›Wie geht's bei dir, Maria?‹

›Tja, Rosi, ich habe auch jemanden kennengelernt ...‹

Das konnte doch nicht wahr sein! Rosa bemerkte, wie die Traurigkeit in ihr hochstieg. Nicht weil ihre beste Freundin einen Mann gefunden hatte, sondern weil sie nicht bei ihr sein konnte in diesem wichtigen Moment! Seit der Geburt ihres Sohnes hatte Maria nie über ihre Männerbekanntschaften gesprochen. Da gab es wohl welche, doch diese hatte sie keiner Erwähnung für wert befunden. Und nun war sie schwer verliebt und Rosa konnte nicht bei ihr sein.

›Mensch, Mariechen, erzähl!‹

›Was soll ich sagen? Er ist mir über den Weg gelaufen und auch nicht. Wir kennen uns schon lange. Du ihn wahrscheinlich auch ...‹

›Wer ist es?‹ Rosas Neugier ließ sich nicht länger im Zaum halten, ›wen kenn ich auch?‹

›Unseren Fahrradkurier, den Joshua.‹

›Der Name sagt mir nichts auf die Schnelle.‹

›Ein sehr interessanter Mann! Er studiert mathematische Physik und Philologie. Du hast ihn getroffen, als du mich in der Arbeit besucht hast.‹

›Nicht böse sein, da waren immer viele Leute. Wie sieht er aus?‹

›Er stammt eigentlich aus Tel Aviv, aber seine Familie lebt seit 35 Jahren hier, und er ist in Wien geboren.‹

›Also ist er jünger als du.‹

›Ja, aber wen interessiert's.‹

›Bist du glücklich?‹

›Ja!‹

Rosa zog an ihrer Zigarette und blies den Rauch in die laue Nacht. Sie hatte sich, wie jeden Abend, auf die Terrasse hinausgesetzt. Da hing sie dann, mit einem Buch in der Hand, ihren Gedanken nach. Frauke war mit Joy zu ihrer Familie in den Schwarzwald gefahren. Und manchmal kam Carlos vorbei, und sie rauchten eine Zigarette zusammen. Wegzugehen hatte Rosa keine Lust. Sie genoss die Natur und die Stille. Wenn sie frei hatte, saß sie im Garten, begleitet von den 1000-jährigen Philosophen. Richtig beschaulich hatte sie ihr Leben hier eingerichtet, während zu Hause Dinge passierten, die sie nicht für möglich gehalten hätte! Vielleicht hatten Maria und sie eine zu enge Gefühlsbindung aufgebaut, als dass ein Mann dazwischen Platz gehabt hätte? Doch wenn ihnen ihre Männer nähergestanden wären, hätten sie dann so viel ›unter Frauen‹ besprochen?

Jetzt war sowieso alles anders. Marti war abgetaucht, so Rosas Vermutung, in unbekannte weibliche Gewässer, und Maria hatte das Band, das um ihr Herz gespannt war, gesprengt.

Und ich geh demnächst ins Kloster!, konterte Rosa. Lange konnte das nicht mehr so weitergehen.

›Was ist los, Rosi?‹

›Ich bin nur mit *mir*. Die meisten meiner Sozialkontakte erledige ich in der Autovermietung.‹

›Das klingt nicht sehr verlockend. Du bist auf einer Party-Insel, Süße.‹

›Ich hatte auch gedacht, ich würde die Insel rocken – und in Wahrheit verändert sie mich. Ich gelange hier zu Erkenntnissen, für die es mir zu Hause an Abstand gefehlt hat. Dabei werd' ich noch zur Einsiedlerin, wenn ihr nicht bald kommt!‹

›Wir sind im Herbst bei dir. Pass auf dich auf, und vor allem schlaf dich aus, denn: Gemeinsam werden wir die Insel rocken!‹

›Ich freu mich!‹

›Was soll ich dir mitnehmen? Roséweine sind bei uns stark im Kommen.‹

›Bring mir lieber rosa Schnitten mit, du weißt schon!‹

›Nur Haselnussschnitten, sonst nichts? Keinen Wein aus dem Burgenland?‹

›Nein, danke. Ich habe noch meinen Notfalltropfen im Schrank. Mach's gut, Süße.‹

Während sie ausschaltete, wurde ihr bewusst, wie seltsam sie auf den Rest der Truppe wirken musste. Das hat sie geschrieben?, klang es in ihrem Ohr.

Ja, die Menschen veränderten sich.

Mit einem Mal hörte sie ein Knirschen, der Kiesweg meldete nahenden Besuch.

21

»¡Hola chica! Na, wie geht's heute?« Es war Carlos. Frauke hatte ihm aufgetragen, von Zeit zu Zeit nach Rosa zu sehen. Selbst wenn sie nicht viel gesprochen hatten, Frauke hatte seit der Party am Strand eine Veränderung an Rosa wahrgenommen. Sie wusste den Grund dafür nicht, was sie allerdings wusste, war, dass sie ihre neue Nachbarin nicht drei Wochen allein lassen wollte. Also kam Carlos dann und wann vorbei. Rosa setzte bei diesen Gelegenheiten ein unbeeindrucktes Gesicht auf. Das konnte sie gut, immerhin hatte sie die letzten 20 Jahre daran geübt. Einmal erzählte er den neuesten Inseltratsch, ein andermal brachte er einen Sack Orangen mit. Meist hatte er nicht viel Zeit oder er war zu feinfühlig, sich nicht aufdrängen zu wollen.

»¡Hola Carlos, bien, gracias. Hast du Zeit, mit mir ein Glas Rotwein zu trinken?« Es war das erste Mal, dass sie ihm Wein anbot. Rosa hatte seit drei Monaten keinen getrunken und die mitgebrachte Flasche bereits vergessen. Ein wenig fürchtete sie, er könnte ihr Angebot ablehnen. »Er ist aus dem Burgenland.«

»¡Si, muy feliz!«

Rosa ging erleichtert in die Küche und machte sich auf die Suche nach Weingläsern. Irgendwo hatte sie welche gesehen. Und einen Korkenzieher würde sie auch benötigen. Als Letztes holte sie die Flasche. Dabei tastete sie mit einer Hand in die unergründlichen Tiefen ihres Wäscheschranks, bis sie etwas Gläsernes, Kaltes hinter der Unterwäsche spürte.

Warum hatte sie den Wein hier versteckt? Sie musste über sich selbst lachen. Ich werd schon wunderlich, so ganz allein!

Als sie das Etikett mit dem Ethnomuster betrachtete, dachte sie an ihre letzte Flasche, die sie zu Hause getrunken hatte. Wie anders war ihr Leben seitdem.

Heute also würde sie Carlos die Essenz ihrer Heimat präsentieren. Als sie auf die Terrasse zurückkehrte, hatte dieser bereits eine Kerze angezündet. Angenehmes Licht erhellte den spanischen Vorbau.

»Unplugged«, er lachte, »wieso heißt der Wein so?«

»Der Winzer hat sich vorgenommen, so wie in der Musik, Genuss ohne Verstärker anzubieten. Das heißt im Fall des Weins, ohne Hefe, Enzyme und Schönungen zu arbeiten. So schmeckst du ehrlich und markant das Terroir, also die Herkunft.«

»Du machst mich neugierig«, antwortete Carlos, »ich kenne bislang nur spanische Weine.« Er wirkte interessiert und rückte näher.

Rosa hatte bereits eingeschenkt, und beide wiegten behutsam ihre Gläser. Vielleicht konnten sie was Weine anbelangte, voneinander lernen.

»Auf dich, Rosa!«

»Viva la vida«, erwiderte sie. Das war derselbe Trinkspruch wie beim letzten Mal, als sie ausgegangen waren. Sie wirkte ein wenig nervös.

»Was meinst du?«, fragte Rosa, nachdem er seinen ersten Schluck genommen hatte.

»So also schmeckt deine Heimat«, antwortete Carlos versonnen. »Anders als die Weine bei uns, da hast du recht. Welche Sorte ist es?«

»Ein Zweigelt. 2009 war ein guter Jahrgang.« Sie warf ihr Haar in den Nacken. »Was wird denn hier auf Ibiza gekeltert?«

»Hauptsächlich Monastrel und Garnacha. Die Insel hat prägnante Böden, Vulkan, Granit und Sand. Wein wird in Sant Mateu, Buscatell und Sant Josep angebaut. Die häufigste Sorte in Spanien ist übrigens Tempranillo«, er stellte sein Glas ab, »diesen werden wir das nächste Mal bei mir verkosten, wenn du erlaubst ...«

Es war die Art, wie er es aussprach und sie dabei

ansah, die Rosa mit einem Mal in Erinnerung rief, dass sie eine Frau war und ein charmanter Mann ihr gegenübersaß.

Für einen Augenblick war sie ratlos. Nett fände sie es schon, ihn besser kennenzulernen, auch, und besonders als Mann!

Carlos war anders als Marti. Seine Augen strahlten unbekümmert – und er hatte mit Sicherheit keine Fondsgebundene Pensionsvorsorge in der Schublade. Wahrscheinlich hatte er nicht einmal eine Schublade, Rosa schmunzelte bei dem Gedanken. Vielleicht wohnte er ja in einer der Höhlen, die es auf der Insel gab. Das würde zu ihm passen. Ja, Carlos lebte das Leben, von dem sie immer geträumt hatte – Love and Light – von heute auf morgen, ohne Nachdenken, einfach für den Moment! Er ließ sich von Mutter Erde tragen und von ihrem Busen nähren. Ihre romantische Fantasie schien völlig mit ihr durchzugehen. In diesem Moment zwinkerte Carlos und Rosa wusste: Das war genau die Art von Zuwendung, die sie heute brauchte. Es war nicht mehr zu leugnen: Ihre Hormone klatschten in die Hände!

Uiuiui, wenn mir nur nicht meine altmodischen Gefühle ins Spiel kommen, dachte sie noch. Sie war keine Anhängerin von One-Night-Stands gewesen. Guter Sex hatte für sie mehr mit Ekstase und Verschmelzung denn mit Leistungsakrobatik zu tun, und diese beiden ergaben sich nicht nebenbei.

»Was hat dich auf diese Insel verschlagen, Rosita?« Carlos' Stimme war tief und satt geworden, er ließ den letzten Tropfen genüsslich auf seine Unterlippe gleiten. Rosa schenkte nach.

»Die Neugierde! Und dich?«

»Meine Eltern sind aus San Sebastián, wir hatten ein Ferienhaus in Santa Gertrudis. Irgendwann bin ich einfach hiergeblieben.« Er begann, mit gespreizten Fingern durch ihr Haar zu gleiten.

»Was arbeitest du? Ich hab dich nirgendwo gesehen.«

»Mal hier, mal da. Gelernt habe ich Maler und Streicher, heißt das so?«

Rosa musste an Marti denken und dessen unbeholfene Ausdrucksweise manchmal.

»Warum sprichst du so gut Deutsch?«

»Ich hatte ein paar blonde Freundinnen, die waren Deutsche, deshalb«, antwortete er offen.

Rosa war elektrisiert von der neuen Situation und bemerkte, dass sie nicht wusste, wie sich Flirts im 21. Jahrhundert abspielten. In sein Beuteschema schien sie ja nicht unbedingt zu passen.

»Aber du, Rosita, bist eine wirklich interessante Frau.«

Rosa wurde es heiß. Was sollte an dieser Geschichte falsch sein?

Sie beugte sich zu ihm, und ihr Haar fiel einem schützenden Vorhang gleich nach vorn. Ihre beiden Nasenspitzen berührten sich. Rosa spürte nach, wie sich eine Welle über ihren Körper ausbreitete. Etwas hatte in ihr zu schwingen begonnen, und sie entschied, den prickelnden Impuls weiter zu verfolgen.

Sie begann ihn zu küssen, nein, ihre Lippen saugten sich an Carlos fest. Er ließ es geschehen, es fühlte sich gut an. Seine Haut schmeckte nach Wind und Meer, nach Sonnenstrahlen und dem Gefühl frei zu sein. Wie lang war es her, dass sie nur noch mit Marti Sex gehabt hatte?

Das hatte sie nicht gestört, aber ihn offenbar. Rosa zog ihre Bluse über den Kopf.

Carlos' Blick auf ihre Brüste ließ sie ihre Erregung spüren. Sie befeuchtete ihre Lippen und schwang sich auf seine Oberschenkel. Als hätte sie ihre eigene Musik im Ohr, begann Rosa sich im Takt zu bewegen, bis sie in Trance geriet. Wie er sie ansah ... Carlos' Blick allein brachte sie in Fahrt. Ja, so wollte sie als Frau angesehen werden. Und wahrgenommen werden, und begehrt werden ... Carlos gab ihr das Gefühl, dass sie ihm das Leben retten konnte mit ihren ekstatischen Bewegungen, dass es im Augenblick nichts Wichtigeres gab als diese Verbindung zwischen ihnen.

Jetzt.

Und das war erst der Anfang, der Abend dauerte noch lange.

22

Rosa schlug die Augen auf, sie kam sich seltsam erwachsen vor. Es spürte sich gut und richtig an, dass Carlos neben ihr lag. Sie wusste nun, wie sich seine Locken anfühlten, wenn sie ihm durchs Haar strich, oder wie er hinterm Ohr roch. All die Dinge, die man entdeckte, wenn man jemandem näher kam und sich mit dem anderen vertraut machte.

Waren sie sich auch nahe gekommen?

Carlos lag friedlich schlummernd neben ihr. Was konnte das werden, mit ihm?

Egal. Sie war wieder jung, am Leben, im Spiel.

Die Welt klopfte gerade an ihre Tür und fragte höflich: Was darf's denn sein, Frau Talbot?

Als Carlos am Nachmittag nach Hause fuhr, wusste Rosa, dass er wiederkommen würde. Morgen, übermorgen oder bereits am Abend. Wahrscheinlich übermorgen. Menschliche Wärme und körperliche Liebe taten gut, das sollte genügen. Ja, sie hatte Sex mit einem guten Freund. So war es zumindest abgemacht.

Ein wenig war sie stolz, so cool zu sein wie Alfi. Mein Gott, der kleine Neffe! Sie zog sich eine bequeme Hose an und holte den Computer aus dem Schrank. Die Chancen standen gut, ihn an einem Sonntagnachmittag im Chat anzutreffen.

›Hi, Alfi, läuft's gut?‹

›Hey, Rosa, bin im Stress.‹

›Dann ein andermal?‹

›Nein, bleib. Ich hab bloß Stress in der Schule und sollte eigentlich Französisch lernen … Französisch, die schwulste Sprache ever.‹

›Ich finde sie schön.‹

›Wozu soll ich all die Vokabeln lernen? Ich fahr sicher nie nach Frankreich.‹

›Das weißt du nicht, Alfi!‹

Rosa musste an ihren ersten Parisaufenthalt denken. Genauer gesagt war es Saint-Germain-en-Laye und sie kam als Au-Pair-Mädchen. Am Bahnhof, damals fuhr man weite Strecken noch mit dem Zug, wurde sie von der Dame des Hauses empfangen, die ihr freundlich erklärte, sie hätten gerade ihre Party beendet, und Rosa könne gleich mit dem Aufräumen beginnen. Welch ein Empfang! Es war sechs Uhr morgens. Zwei Mädchen waren zu betreuen, eines acht und zuckersüß, das andere zwei und gewillt, von der Brüstung der von Löwen bewachten Auffahrt zu springen, sollte sie für zwei Minuten aus den Augen gelassen werden. Rosas Aufgaben waren kochen, abwaschen, die Kinder betreuen und sauber machen auf geschätzten 250 Quadratmetern. Ohne Kind mit Base-Jumper-Ambitionen hätte sie das auch hinbekommen, irgendwie. Aber so war ihr das zu viel an Verantwortung, und sie hatte vorzeitig ausgecheckt. Sollte Extremsportler Felix Baumgartner noch immer auf der Suche nach weiblicher Ergänzung sein, Rosa wüsste da jemanden.

St. Germain war eine Erfahrung, die nachwirkte. Erst 25 Jahre später wurde ihr klar, was die Kleine beim Füttern gelispelt hatte – wer konnte die Sprache, die man im Begriff war zu lernen, auch noch in ›Babyversion‹?: Thso! Thso!

Heute war ihr klar, dass der Brei zu heiß gewesen war: trop chaud nämlich!

Man wusste nie, was man noch alles brauchen würde im Leben, folglich war es nur weise, offen zu bleiben. Hätte sie vor drei Jahren gedacht, dass sie sich ernsthaft für die Sprache Gaskognisch interessieren würde?

Na, also. Mit Carlos konnte sie die Welt aus einem erweiterten Blickwinkel betrachten. Und wenn sie emotional beteiligt war, lernte sie nebenbei. So ging Erlebnislernen.

War sie etwa emotional beteiligt?

Rosa bemerkte, wie die Durchblutung in ihrem

Gesicht in Gang kam. Das war nicht ausgemacht: alles, nur nicht, sich zu verlieben. Sie begann leicht nervös am Stand zu tänzeln, die Gedanken schweiften ab … Wenn das bloß gut ausgeht!

Wo war sie stehen geblieben?, sie versuchte sich zu beruhigen, ach ja, beim schwerpubertären Neffen.

Irgendwann später würde Alfi es lieben, in einem Restaurant zu sitzen und zu wissen, wie man die Vorspeisen bestellte. Auch, wenn er niemals für sich selbst cuisse de grenouille bestellen würde, vielleicht liebten seine Kinder ja Froschschenkel!

›Alles in Ordnung bei euch daheim?‹ Rosa war gierig danach, Neues zu erfahren. Ihre Schwester Clara hatte sie seit Monaten nicht mehr gesehen. In der Zeit davor war deren eingespieltes Familienglück zum Schauplatz von Turbulenzen geworden: Lina hatte ihren ersten Liebeskummer absolviert, und die Mutter den ersten veritablen während ihrer Ehe.

›Papa ist oft auf Geschäftsreise, und Mama geht neuerdings zu Zumba.‹

›Zu wem geht sie?‹ Rosa überlegte kurz, ob diese Schilderung der familiären Atmosphäre Anlass geben sollte, sich Sorgen zu machen. Rein präventiv natürlich.

›Das ist so ein Hüpfkurs für Mütter. Was weiß ich, ein Mittelding zwischen Samba und Kung Fu.‹

›Ah, ein Fitnesskurs.‹

›Rosa, was machst du auf Ibiza?‹ Neffe Alfi konnte direkt zur Sache kommen.

›Ich lebe und arbeite.‹

›Wo?‹

›In Can Amistad* und einer Autovermietung.‹

›Mama sagt, für Aushilfejobs muss man nicht studieren, deshalb verdient man so wenig. Wahrscheinlich willst du auch mal Spaß haben, stimmt's?‹

›Bingo! Sag deiner Mutter: Am Sterbebett hat noch keiner bedauert, zu wenig Zeit in der Arbeit verbracht zu haben. Mach's gut, Großer!‹

›Du auch! Wann kann ich dich mit meinen Freunden besuchen kommen? Ende Juni starten doch die großen Openingparties!‹

›Mal sehen.‹

›Vielleicht nächstes Jahr‹, hätte sie beinah eingetippt. Aber wer wusste schon, was nächstes Jahr sein würde?

---

* Haus der Freundschaft

23

»Schon wieder ein Unfall«, seufzte Frau Bodo, als Rosa am Morgen das Geschäft betrat. »In den letzten Wochen mehren sich die Schäden, und die Versicherung beginnt Mätzchen zu machen.«

»Seltsam«, warf Rosa ein, »was sagt das Horoskop?«

»Danke, Mädel, heute habe ich nicht nachgesehen!«, antwortete Frau Bodo und klickte auf ›sternenkiste.de‹. »Mal sehen, Merkur im Quadrat zu Neptun. Oh nein!«

Frau Bodo sah regelmäßig im Internet nach und aktualisierte ihre Planetenstände. Sie lief zum Laden vis-a-vis um Lotto zu spielen, sobald Jupiter mit Merkur flirtete, und blieb abends zuhause, sollte Mars ihren Pluto attackieren. Auf diese Weise war jede Krise zu bewältigen, hatte sie Rosa stolz erklärt. Finanzielle, berufliche und emotionale – die Sternenkiste stand 24 Stunden am Tag bereit.

Rosa goss ein Glas Wasser ein, um es ihrer Chefin zu reichen. Im Film nahmen die Darstellerinnen immer einen Schluck Wasser, wenn es schlechte Nachrichten zu verdauen galt. Sie verstand genug von Astrologie, um zu wissen, dass die Geschichte nichts Gutes verhieß.

»Betrug. Passen Sie auf, nicht Spielball betrügerischer Machenschaften zu werden«, las die Chefin weiter. »Überprüfen Sie, in welchem Haus sich Ihr Neptun derzeit befindet und hüten Sie sich vor unklaren Aussagen.« Frau Bodo blickte auf und nahm dankbar das Wasserglas zur Hand.

»Ich seh' mir das genauer an. Kein Grund, sich Sorgen zu machen, Frau Bodo!«, beschwichtigte Rosa. Allein ihre Stimme verriet, dass sie da nicht so sicher war.

Bis auf den Zwischenfall heute Morgen war das Leben auf der Insel beschaulicher, als sie es sich hatte träumen lassen. Unter der Woche startete sie um zehn Uhr mit Mails in Deutsch, Englisch und Französisch, kontrollierte Kundendokumente, Tankfüllungen und Autos auf Parkschäden. Dazwischen führte sie Smalltalk mit Kunden oder holte Bocadillos und Kaffee. Die Telefonate und Verträge erledigte Frau Bodo, sodass sie während der Siesta an den Strand gehen konnte. Wenn genug Zeit blieb, fuhr sie zu den Salinen. Das Meer war seicht und türkisblau, und wenn es schon irgendwo warm war, dann hier. Ein kleines Schläfchen im Halbschatten war eine echte Glücksquelle. Von fünf Uhr ging die Arbeit weiter bis acht, dann war das Tagesgeschäft erledigt. An einem Nachmittag pro Woche hatte sie frei. Da tankte sie ihr kleines Auto voll und fuhr die Insel ab. Als Ziel ihrer Entdeckungsfahrten eigneten sich der ruhige, beinahe einsame Norden, die mondänen Clubs im Südwesten oder die Agriculturas mit ihren Oliven-, Mandel- und Orangenbäumen. Am meisten angetan hatte es ihr das Hinterland der Insel.

An den Sonntagen war alles anders. Es waren die Tage, an denen ihr etwas fehlte. Ein Kind, mit dem sie lachen und kuscheln konnte, dem sie ein wenig die Welt erklären durfte. So war es für sie sonntags während der letzten Jahre gewesen. War Marti deshalb am frühen Morgen zum Power-Jogging aufgebrochen? Etwa, um ihren sentimentalen Anflügen auszuweichen? Marti hatte nichts gegen Kinder – solange es nicht die eigenen waren. Und Rosa hatte, ihm zuliebe, nie die entscheidende Frage gestellt: Er oder ein noch unbekanntes anderes Wesen?

›Nenne dich nicht arm, weil deine Träume nicht in Erfüllung gegangen sind; wirklich arm ist nur, wer nie geträumt hat.‹ Der Spruch stammte sicher von einer Frau, dachte Rosa.

Seit sie auf der Insel war, hatte sie noch keine Lust gehabt, fernzusehen. Heute aber legte sie sich aufs

Sofa und zappte sich durch das Satellitenangebot. Da läutete das Telefon.

»¡Hola chica, möchtest du nicht in mein Lieblingslokal kommen? Wir könnten einen ibizenkischen Flammkuchen essen, mit Nüssen, Honig und Ziegenkäse!«

»Fein, dann weiß ich, welches dein Stammbeisel ist.«

Carlos passte wunderbar ins Ambiente, dachte Rosa, als sie die Tür zum Lokal aufmachte. Er hatte an einem rot lackierten Tisch Platz genommen, die Lampe über ihm war aus Papierstreifen zusammengesetzt. Seine Locken hatte er hinter die Ohren geschoben, sie hüpften dennoch im Takt, während er rauchend und in Gedanken versunken, zur Musik wippte. Bei ihm war alles stimmig in diesem Moment. Erscheinung, Kleidung und Raum. Sie hätte sich gern von außen erlebt, um zu sehen, wie weit sie gekommen wäre in einem Authentizitäts-Ranking.

»Schön, dass du gekommen bist.« Er stand auf, grinste und umarmte sie zur Begrüßung. Rosa wurde nervös.

»Sicher, warum nicht, wir sind Freunde«, sie versuchte, Carlos dabei nicht in die Augen zu sehen, »und außerdem habe ich Hunger.« Dass sie dasselbe Lieblingslokal teilten, erwähnte sie besser nicht.

Er könnte annehmen, sie konstruiere Gemeinsamkeiten. Vielleicht kannte er Frauen, die nach einer Nacht gleich heiraten oder ihn als Vater ihrer drei Kinder einplanten. Das war nicht Rosas Sache. Sie versuchte, sich ihre Aufgewühltheit nicht anmerken zu lassen. Erst mal hören, was von seiner Seite kam. Wobei – ein bisschen mehr als gute Freundschaft plus wäre schon … Scheiß Romantik, aber auch! Sie setzte sich.

Fünf braungebrannte Männer begannen in einer Ecke des Lokals ihre Instrumente aufzubauen.

»Was möchtest du trinken, Rosita?«

Rosa überlegte. »Das, was du trinkst, nehm' ich auch.«

Zwei Minuten später hatte Rosa einen duftenden Flammkuchen und ein Glas Rotwein vor sich stehen. Es war, als hätte mit Carlos wieder der Genuss an ihre Tür geklopft. Allein sein war zwar schön, aber nicht immer!

Sie biss herzhaft in den krossen Teig und Carlos lachte dazu. Offenbar war die richtige Mischung nicht nur bei einem Spritzer* wichtig, sondern empfahl sich fürs ganze Leben!

Önopsychologie, sie wusste, dass der Mensch vom Wein viel lernen konnte. Schon Konfuzius, ihr alter

* Österreichisch für Weinschorle

Haberer* hatte über das Trinken philosophiert. Er verteufelte einen guten Tropfen nicht. Am Rausch ist nicht der Wein schuld, sondern der Trinker! Es war so einfach!

»Schmeckt's dir?«

»Muy bien!«, antwortete Rosa schmatzend. Sie genoss es, mit den Fingern zu essen und darüber hinaus während des Essens reden zu dürfen. Sie hatte es sich einfach erlaubt. Und, sie hatte einen Liebhaber. Noch dazu, was für einen! Auch den hatte sie sich erlaubt.

Was Marti kann, kann ich schon lange. Das war das Schöne daran, sie waren einander ebenbürtig. Da fiel ihr ein, sie wollte jetzt gar nicht an Marti denken!

Die Band begann zu spielen, und brasilianische Lebensfreude breitete sich aus.

»Warum haben Länder mit weniger Sicherheit ein Mehr an Lebensfreude? Was denkst du?« Das Thema fand sie schon länger interessant.

»Sicherheitsdenken zerstört die Lebendigkeit«, antwortete Carlos ohne nachzudenken, »du kannst nicht beides haben. Es verhält sich wie Feuer und Eis. Nur wenn du Vertrauen hast in dich selbst ...«

---

* Wienerisch für Freund

»... dann brauchst ka Versicherung«, begann Rosa spontan weiter zu singen, »weil dann bleibst ... für immer jung!« Ein Österreicher, die Nummer Eins vom Wienerwald, hatte dies schon vor 30 Jahren besungen. Aber wie sollte sie das Carlos erklären? Ihrem Finnen hatte sie das Lied bereits nähergebracht.

Das alles noch einmal und noch dazu auf Spanisch? Wo sie doch nur gute Freunde plus waren? Rosa bemerkte, wie allein die Vorstellung sie ermüdete.

»Carlos, ich werde fahren.«

»Bis bald.« Er zwinkerte ihr zu. »Schlaf gut, Rosita. Und pass auf mit dem Auto!«

Nachdem sie das Tor hatte zufallen lassen, fiel ihr Blick auf das erleuchtete Nachbarhaus. Frauke war zurück! Gleich morgen würde sie anklopfen. Und wie immer, wenn sie richtig müde war, konnte sie keine Energie aufbringen, ins Bett zu gehen. Sie ließ sich in den nächsten Sessel fallen.

Die Zeit in Österreich kam ihr in den Sinn. Langsam begannen ihr die Menschen zu fehlen. Auch die aus der Praxis, nicht ihre Probleme, doch die Menschen, die sie mit sich herumschleppten. Rosa hatte an jedem Einzelnen etwas Ansprechendes finden können. Das war wohl auch eine Lernübung, aber Rosa fiel sie nicht schwer.

Bei manchen Patienten ging es hochturbulent zu. Sie boten jede Stunde neue Szenarien an Verirrungs- und Verwirrungstaktiken, um ihre Gefühle nicht spüren zu müssen. Wie in einem Sandsturm durfte es nie ruhig werden, immer musste die Sicht trübe bleiben. Das war anstrengend, für beide Seiten.

Es waren auch Menschen darunter, denen nie jemand gesagt hatte, dass sie ihren eigenen Weg gehen durften, die in der Sorge für andere aufgingen oder sich nie die Frage gestellt hatten, was sie selbst vom Leben erwarteten. Hier etwas in Gang zu bringen, liebte Rosa. Und es fehlte ihr. Als hätte sie keinen Garten mehr, in dem sie das Aufblühen der Rosen beobachten konnte. Dafür musste sie aber auch nicht mehr gießen, dachte sie mit einem Grinsen, das zwischen Lachen und Weinen angesiedelt war.

›A Mensch möcht i bleib'n‹ … Den Laptop aus dem Schrank gezerrt und eingeschaltet, saß Rosa wenig später vor dem Gerät. Seltsam, dass sie sich nicht abgemeldet hatte beim letzten Besuch im Netz. Da war sie doch sonst penibel. Aber nun kam Austropop. Der war genauso ungewöhnlich in Rosas Welt: ›Für immer jung‹, und danach ›Wie mei Herzschlag‹. André Heller sang in tiefem Wienerisch:

›Manchmal möchte i dir schreiben, dass du mir fehlst und dass ich wart, aber dann lass ich's bleiben, weil Jammern is net mei' Art. Nein, ich hätt' mir das nie gedacht, dass ich dich einmal verlier … Vielleicht war i a Blinder, der kein Unglück kommen sieht oder wir waren wie Kinder, denen alles beim Spielen zerbricht. An was soll i denn glauben, als an des, was ich spür? Wie mei Herzschlag g'hörst zu mir. Langsam geh i unter so allein. Wundern darf sich niemand, dass i wein …‹

Für heute war Andre Heller der einzige Mann, mit dem sie dieselbe Sprache verband.

24

Das Läuten des Telefons ließ sie aufschrecken. Hektischer Griff zum Handy.

»Ja, Frau Bodo, ich komm gleich.«

»Hi, Roserl, ich bin's, Maria. Was ist?«

»Ich hab wohl verschlafen …«, das letzte Wort zog sie halb zu einem Gähnen hinaus, »warum rufst du so früh bei mir an?«

»Ich habe soeben eine Mail bekommen, und jetzt halte dich fest: Eine Einladung zum Kunsttherapie-Kongress in Barcelona. Ich häng einen Tag an, dann könnten wir uns treffen!«

»Wann?«, Rosa streckte sich, »kommst du auf die Insel?«

»Oder du nach Barcelona! Ich soll dort einspringen, nächste Woche schon.«

»Ich muss jetzt los. Bis bald, Maria!«, versuchte Rosa das Gespräch zu beenden. Früher hatte sie ihre Freizeit eher nach terminlichen und weniger nach budgetären Gesichtspunkten geplant. Sie war auf der Stelle munter.

Das Telefon klingelte erneut.

»Ja, was gibt's noch?«

Frau Bodo war am anderen Ende. »Guten Morgen, Rosa. Kommen Sie heute nicht?«

»Guten Morgen, äh ...« Rosa schluckte.

»Sind Sie krank?« Die Stimme wurde mit einem Mal ungewohnt weich.

»Ja, genau, ich wollte Sie gerade anrufen.«

»Sie sind so pflichtbewusst gewesen in den letzten Wochen, da dachte ich sofort, dass sie sich nicht gut fühlen!«

»Ähem, ja, in der Tat.« Wohl fühlte Rosa sich wirklich nicht. Ihr tat das Kreuz weh vom zusammengekrümmten Liegen auf dem Sofa. Über den eigenwilligen Weisen ihrer Heimat musste sie eingeschlafen sein.

»Machen Sie mal, dass Sie gesund werden, ja?« Die Stimme klang wieder kühl und sachlich. Obwohl Rosa und Frau Bodo an fünf Tagen der Woche auf 18 Quadratmetern zusammenarbeiteten, waren sie sich in sechs Wochen keinen Zentimeter nähergekommen. Es herrschte ein freundliches, aber distanziertes Sie zwischen Chefin und Angestellter. Rosa fand das Ganze sowieso ungewöhnlich, bislang war sie immer die Chefin gewesen.

»Nein, ich komme schon. In einer halben Stunde bin ich im Büro!«, entgegnete Rosa spontan.

Dafür mischte sich Frau Bodo niemals in ihr Freizeit-, geschweige denn Liebesleben ein, das war auch etwas wert. Sie mochte es genauso wenig wie Rosa, wenn getratscht anstatt gearbeitet wurde.

Rosa sprang auf. Erst jetzt hatte sie freie Sicht auf die Küchenuhr. Zehn Uhr vorbei. Hetze am Morgen. Wie sehr sie das hasste, noch dazu hatte sie keinen Kaffee mehr im Haus. Sie schlüpfte in ein weißes Leinenkleid, band die Haare zu einem Knoten zusammen und fertig.

Hellblauer Himmel und Vogelgezwitscher empfingen sie, und sie musste sich die Augen reiben.

»Rosa, Schätzchen! Schön, dich zu sehen!« Frauke kam ihr auf halbem Weg entgegen. Sie trug Pink. Höschen und Badehaube waren exakt im gleichen Latex-Farbton gehalten. So schnell konnte Rosa gar nicht schauen, hatte die Nachbarin sie an ihren blanken Busen gedrückt.

»Heute Abend lassen wir's krachen, das habe ich gestern mit Carlos besprochen.« Dazu lachte sie schelmisch.

»Frauke, tu mir einen Gefallen und lass mich. Ich muss zur Arbeit!« Rosa schob sie unsanft zur Seite.

»Mann, Mann, sei nicht so unentspannt. Auf der Insel ist alles locker. Ach so, du bist in der Autobranche!«

»Und verschlafen habe ich außerdem, nicht böse sein.« Rosa rannte zum Auto.

»Ich hol dich um neun ab! Und kontrollier mal deinen Garten, irgendetwas riecht da streng!«, rief Frauke ihr hinterher und murmelte etwas im Weitergehen, doch das hörte Rosa nicht mehr. Frauke wollte sich wieder vermehrt um ihre Nachbarin kümmern und ihr die Freuden der Inselwelt näherbringen. Darin war sie gut. Ihr Schritt wurde beschwingter, und am Pool angekommen köpfte sie ins Wasser.

Ein wenig erinnerte sie die Österreicherin an ihre eigenen Anfänge.

Rosa war im Büro angelangt, und der Ehrgeiz packte sie. Wollte sie nicht die Unfallprotokolle des letzten Monats studieren? Im vergangenen Jahr war ein Parkschaden hier und ein Kratzer da zu finden gewesen. Bei den jüngeren Fahrern auch so mancher Totalschaden, zumeist in den frühen Morgenstunden. Frau Bodo hatte alles minutiös vermerkt. In jeder Woche ein touchiertes Auto, das klang nach ..., sie drehte die Silben im Mund herum, aber was war es sonst als organisiertes Verbrechen?

Beweise, sie brauchte Beweise. Ahnungen, Ungereimtheiten, seltsame Zufälle, all das war zu wenig. Sie schlug den Ordner auf und versuchte aus den spanischen Aufzeichnungen Details herauszufiltern. Da war leider nichts zu machen, ihre Sprachkenntnisse gingen über die Alltagsfloskeln nicht hinaus. Vielleicht sollte sie sich zuerst die Zeichnungen ansehen. Die Unfälle fanden jeweils kurz nach der Übergabe statt, das war anhand der Zeitangaben leicht zu eruieren, mit Kunden, die nicht voll versichert waren, und – sie hielt den Atem an – sie ereigneten sich alle in einem doppelten Kreisverkehr!

Nicht schon wieder Schwierigkeiten, war sie versucht zu denken. Auf der Insel sollte doch alles Love and Peace sein, oder etwa nicht? Sie würde sich später am Nachmittag darum kümmern.

Barcelona also. Da bin ich noch nie gewesen, dachte Rosa. Sie war in erster Linie neugierig, die Freundin wiederzusehen.

Sie liebte es zu reisen, und dies noch mehr, wenn sie bekannte Gesichter wiedersehen und schon bald losstarten durfte. Sie vertiefte sich in die Flugangebote und freute sich, ein Schnäppchen ergattert zu haben. Danach verging der Arbeitstag wie im Flug. Ihr Unbewusstes übernahm das Ruder und sie hatte keine Zeit für unangenehme Dinge. Man konnte auch sagen, sie vergaß sie. Aber wer kannte das nicht?

Beim Nachhausefahren fiel ihr die Zeit der bleiernen Weste ein, die war nun vorbei. Lange hatte es sich angefühlt, als würde sie schweres Gewicht mit sich herumtragen. Es schützte zwar wie eine Rüstung, behinderte sie jedoch in ihrem freien Tun. Auch wenn es seither nicht immer einfach war, tauschen wollte sie nicht mehr. Wer kroch schon freiwillig zurück in eine Metallrüstung? Die einfachen Dinge schätzte man erst, wenn sie einem abhanden gekommen waren, dachte sie, wie Schlaf, Appetit und echte Freunde.

25

»Was sagst du?« Frauke stand vor ihr, ganz in Weiß gewandet, mit einer schwarzen Flasche Cava in der Hand. »Hab ich dir zu viel versprochen?« Im Hintergrund wummerte schwerer Bass, und von irgendwoher nebelte feiner Sprühregen in kaleidoskopfarbenen Tönen auf sie herunter. Es war eine der seltenen Partys um diese Jahreszeit in einem exklusiven Club. Frauke kannte den Veranstalter, und so standen sie auf der Gästeliste.

»Auf dich, altes Haus!« Rosa prostete ihr zu und trank das Glas Sekt in einem Zug leer. In diesem Moment vibrierte ihr Handy in der Hosentasche. Umständlich kramte sie es heraus.

»Jaah! – waas?« Rosa sah um sich, im Umkreis von 20 Metern war kein Entkommen möglich. Um sie herum standen, tanzten, drängelten sich die Partyhungrigen, als wären sie ebenso lange nicht mehr unterwegs gewesen wie sie selbst. Rosa drückte die Verbindung ab. Es war hoffnungslos.

»Warum gehst du auch ran?«, brüllte ihr Carlos ins Ohr. Keine Ahnung, dachte sie, wahrscheinlich bin ich zu gut erzogen.

»Prost, Frau Obercheckerin!« Er begann vor ihrer

Nase herumzutänzeln, mal mit blonder Begleitung, mal allein. Seine Locken wippten im Takt.

Carlos sah gut aus. Ein Lächeln huschte über ihr Gesicht. Den Mädels würde er auch gefallen. Mittelgroß, geheimnisvoller Blick, eher sehnig als muskulös. Er hatte Temperament, ohne Frage, war charmant, intelligent, interessierte sich für Robben – und meinte damit nicht Fußball*! – sowie Weltmusik. Er hatte Herz und ja, er wusste, was Frauen wollten.

Aber wusste Rosa, was sie wollte?

»Fährst du mit mir zu den Trommlern nach Benirras?«

Es war Carlos, der dieses Angebot machte, und Rosa nickte. Auf dem Weg zum Auto rauchte er eine Zigarette, die auffällig süß roch. Er reichte sie an Rosa weiter.

»Nein danke, ein Laster reicht mir!«

Er lachte. »Du bist lustig, das nennst du Laster, wenn du einmal im Monat einen draufmachst?« Es wurde ruhig zwischen den beiden. »Eine so disziplinierte Person wie dich habe ich hier noch nicht getroffen. Wenn ich nicht wüsste, dass du auch anders sein kannst, ich würde es nicht vermuten!«

* Arjen Robben, niederländischer Fußballer

»Was meinst du?« Rosa wurde es heiß.

Carlos blieb stehen und nahm ihre Hand. »Dass du im Bett so abgehst – heißt das so?« Rosa wurde verlegen.

»Du meinst, nur weil ich – fast – jeden Tag pünktlich zur Arbeit gehe und mich nicht einrauche, muss ich sexuell verklemmt sein?«

Er grinste sie an.

»Ich meinte, ein Laster würde reichen. Ich habe nicht gesagt, welches das ist!«

In diesem Moment fühlte Rosa die erotische Wirkung ihrer Unterhaltung. Und Carlos spürte sie auch. Ob in Deutsch oder Spanisch war in diesem Moment egal.

»Ich kenne einen schönen Platz hier in der Gegend!« Er lenkte das kleine Gefährt schwungvoll auf die asphaltierte Straße und gab ordentlich Gas. In der Dunkelheit sah das Innere des Autos ganz anders aus, dachte Rosa für einen Moment. Als hätten sie in einem anderen Modell Platz genommen. Dann parkte er seine rechte Hand zwischen ihren Oberschenkeln. Ihr Verkehrsbericht meldete: Zug fährt ab. Die Richtung, die er nahm, war klar, die Stationen dorthin hießen Lebensfreude, Sinnlichkeit und Genuss. Sie lehnte sich zurück. Sie sah bereits das Schild ›Genuss‹ aufleuchten!

26

»Wo bist du?« Marias Stimme überschlug sich beinahe. »Wir müssen Barcelona fixieren. Ich hab doch gesagt, der Kongress findet bereits am Wochenende statt!«

»Jaja, schimpf nur«, murmelte Rosa, noch nicht ganz wach.

»Warum gehst du überhaupt ran, Frau Obercheckerin?«, hörte sie Carlos im Hintergrund feixen.

»Hallo, du bist nicht allein?«, Maria klang überrascht, » ich hoffe, ich hab dich nicht gestört.«

»Ich weiß nicht recht ...«

»Wir telefonieren später!«, meinte Maria knapp und drückte ab.

»Was hast du am Wochenende vor?«

Rosa wandte sich Carlos zu. War das jetzt eine freundschaftliche, eine lediglich interessierte oder eine Besitz ergreifende Anfrage?

»Wie?«, schien ihr die einzig passende Antwort zu sein.

Er lehnte sich zurück und strich ihr durchs Haar. »Am Sonntag kann ich das Boot von einem Freund haben. Ich wollte mit dir an den Strand von Illetes. Das sollte eine Überraschung werden.« Er lächelte. »Du bist eine freie Frau, Rosalie!«

Es war das erste Mal, dass er ihren Namen vollständig und richtig aussprach. Und wie er ihn aussprach. Rosa rieselte es kalt den Rücken hinunter. Als wäre sie eben zur ›Freifrau von und zu allen süßen Köstlichkeiten‹ ernannt worden. Sie nahm Carlos in den Arm. Schade, dass sie ihn nicht lieben konnte.

»Brauchst du einen Mann, der dir erlaubt, frei zu sein?« Maria war außer sich, nachdem ihr Rosa die Situation am Morgen geschildert hatte.

»Ich meine, ganz frei bist du nicht, Rosa Talbot, wenn du jemanden brauchst, der dir das erklärt!« Sie hatte Rosa eine Stunde später noch einmal angerufen, Freundinnen spürten, wenn sich etwas veränderte.

»Du willst mich nicht verstehen. Er hat lediglich ausgesprochen, was im Raum war.«

»In welchem Raum? Ich dachte, ihr wart im Auto. Die Scheiben waren beschlagen, hast du gesagt«, antwortete Maria schnippisch.

»Im Auto-Raum eben. Mensch, ich meine das metaphorisch. Er hat quasi meine Schwingungen aufgefangen und ...«

»Du hörst dich an wie Anastasia, Hilfe!«, prustete Maria los, und dann mussten beide lachen. Anastasia war eine etwas eigenwillige Kollegin, die sich vornehmlich dann meldete, wenn sie aktuellen Seelenmüll abzuladen hatte.

»Haha, wie Nasti. Was macht sie denn jetzt?«

Maria räusperte sich: »Keine Ahnung! Keine Antwort! Seit acht Wochen schon.«

»Also, es geht ihr gut.« Wieder lachten beide.

»Wie steht es mit dir und der Liebe, Mariechen?« Rosa überlegte, wie selten sie ihrer Freundin diese Frage bisher gestellt hatte. Außer sie war richtig verliebt, das war zuletzt mit Michis Erzeuger der Fall gewesen. Sohnemanns Körperlänge von 195 Zentimetern zeugte davon, *wie* lange das her war. Die Frage war also ungewöhnlich für beide.

»Ich hab dir schon alles erzählt.«

»Nein, hast du nicht. Nur wie er heißt.«

»Nun ja, was willst du wissen?«

»Ist es was Ernstes?«

»Schon.«

Rosa schluckte.

»Wie weiß man das?«

»Keine Ahnung. Das weiß man nicht. Das fühlt man!«, antwortete Maria, beinah lapidar.

Rosa kam sich ein wenig dümmlich vor in diesem Moment. Wieder etwas, das anscheinend die ganze

Welt wusste, bloß sie nicht. Es war klar, eine Beziehung von Bedeutung fand nicht im Kopf oder im Unterleib statt, sondern im Gefühl.

»Na, Gott sei es gedankt, bin ich keine Psychotante mehr!« Rosa wollte schleunigst das Thema wechseln.

»Du immer mit deinen Ansprüchen an dich selbst! Glaubst du, du kannst alles wissen, alles kennen? Da nimmst du dich ein wenig zu wichtig, Madame Talbot!«

»Ahh, deine Kopfwäsche hat mir so gefehlt, Süße!«, stöhnte Rosa in den Hörer, »Ja, ja, gib's mir – mehr, mehr!«

»Du bist so blöd, das soll dein Carlos machen. Sag ihm das!«

»Mach ich, bis bald, in ...«, sie stockte, »wo noch mal?«

»Barcelona Süße, wir treffen uns in Barcelona!«

Rosa öffnete die Terrassentür. Sie sah Carlos im Pool Runden schwimmen.

»Schöne Grüße von meiner Freundin Maria. Sie sagt, du sollst es mir ordentlich besorgen!«

Langsam ließ sie sich ins Wasser gleiten. Carlos schwamm heran, um sie aufzufangen.

»Ihr Frauen habt vielleicht Gesprächsthemen, aber an mir soll's nicht liegen.« Er umfasste ihre Taille. Es fühlte sich gut an. Im Hintergrund lief Coldplay: ›Nobody said it was easy ...‹ Wie wahr, dachte sie. Aber nur kurz, ganz kurz. Dann stieg sie in ihrer Vorstellung wieder in den Zug.

27

»Hallo, Rosa, ich bin's, Lina. Ich wollte so gern deine Stimme hören. Hast du Zeit?«

»Für dich immer!« Wie schön war es, auf diese Art geweckt zu werden. »Was gibt's Neues bei dir?«

»Alles gut, stell dir vor, ich hab an einem Wettbewerb teilgenommen zum Thema ›Guten Appetit‹! Und, nun halt dich fest, ich hab den ersten Preis gewonnen!«

»Gratuliere! Was genau hast du gemacht?«

»Ich habe die Erde aus Früchten gelegt und sie dann aus verschiedenen Perspektiven fotografiert.«

»So in der Art wie Arcimboldo?«

»Ja, wie bei diesem italienischen Maler. Afrika bestand bei mir aus Affenbrotfrüchten, Physalis und Papaya.«

»Fein, und was ist dein Gewinn?«

»Ein 8-Gänge-Menü für zwei Personen im Taubenhotel.«

»Wow, im Taubenhotel!« Rosas Stimme wurde ehrfürchtig.

»Magst du mit mir kommen?«

»Das ist lieb, dass du an mich denkst, aber hast du denn keinen männlichen Begleiter, der greifbar ist?«

»Tja, das ist das Problem«, antwortete Lina. »Angebaggert werd ich von zweien, aber ich kann mich nicht entscheiden!«

Rosa unterdrückte ein Lachen. »Ich schau mal, was ich tun kann. Weißt du, ich muss mir alles genau einteilen, hier. In der Autovermietung verdiene ich nicht rasend viel. Wann wäre denn dein großer Abend?«

»Das kann ich selbst bestimmen. Irgendwann kommst du doch wieder?«

»Und was erzählst du deinen Verehrern?« Rosa wich der Frage aus.

»Dass ich mit meiner coolen Tante aus Ibiza da hingehe, basta!«

»Ich fürchte, du musst dich auf einen festlegen, Lina!«

Rosa konnte sich ein Lächeln nicht verkneifen. Das war typisch für ihre Nichte. Hatte jemand ein Problem, hatte sie mindestens zwei Lösungen. Wem sie da wohl nachgeriet? Ihrer Mutter kaum. Die ging schon in die Knie, wenn jemand sein Auto auf ihrem Parkplatz abstellte.

Und als sich beide Schwestern in der Pubertät befanden, ging Rosa in die Disco und die Schwester ins klassische Konzert. Das konnte sie doch noch ihr ganzes restliches Leben tun!, hatte sich Rosa gedacht.

Oder als Clara ihren ersten Freund kennengelernt hatte, bei einem Redewettbewerb. Und in der Folge dann aus ihnen kein Paar geworden war, weil sie sich beide zunächst auf die Schule konzentrieren wollten! Allein daran zu denken, bereitete Rosa heute noch körperliche Schmerzen. Das Leider-Nein-Pärchen. Beide waren unwiederbringliche 17 Jahre jung gewesen.

Was wollte die Horde an leistungsbewussten Strebern denn erreichen? Als Erster die Ziellinie beim Burnout-Lauf passieren? Gratuliere, Sie haben es vor allen anderen geschafft!

Lina war anders, stellte Rosa mit Erleichterung fest. Sie hatte keinen fixen Freund, weil sie sich nicht festlegen wollte. Und die Schule lief nebenbei mit. Rosa musste daran denken, wie es wohl wäre, Mutter einer Pubertierenden zu sein. Zu lieben und loszulassen. Clara wurde nicht müde zu betonen, wie leicht sich Rosa ohne Nachwuchs tat. Würde sie anders denken, vor dem ersten Besuch beim Frauenarzt, den Verständigungen über drei drohende Nichtgenügend oder wöchentlichem Feiern bis fünf Uhr früh?

Clara meinte Ja, Rosa selbst war sich da nicht sicher. War der ganze pubertäre Aufstand nicht ein

Test? Wollten die jungen Gangster nicht ausprobieren, ob mit Liebe wirklich sie gemeint waren, mit all ihrem Unvermögen? Nicht ihre jugendliche Erscheinung, ihr brillanter IQ, ihre Fähigkeiten im Fußball, Tennis oder Quetschen* spielen, je nach Neigung der Erzeuger.

Das Wichtigste für Altplatzhirsche schien die Fähigkeit zu sein, nach oben zu drängen. Klar, die Eltern wollten ihre Kinder versorgt wissen, wenn sie einmal sterben sollten, und das würde, früher oder später geschehen.

»Ist man nicht am besten abgesichert durch das, was man gern tut?« Mit dieser Frage hatte Rosa Eltern in der Praxis regelmäßig konfrontiert – und entlastet.

»Und wenn man seinen Kindern etwas mitgeben will, wäre es da nicht am gescheitesten, ihnen zumindest keinen Ranzen mit eigenem Gepäck umzuschnallen?«, hatte Maria es formuliert. Unter diesem Aspekt kam auch Erbschaft anders daher. Als Gewinner erschienen Rosa eher die, die frei und ungebunden bei Null beginnen konnten, als jene, die unter Papis oder Mamis Fuchtelfittichen arbeiten und die Firmenanteile nicht veräußern durften. Rosa hatte Dichter erlebt, die ein Wirtshaus in der Vorstadt übernehmen mussten, Milchbauern mit

* österreichisch für Akkordeon

einer Laktose-Unverträglichkeit und Medizinstudenten mit der Angst vor, ja genau, Blut!

Sie war schon jetzt neugierig, was Claras Kinder einmal beruflich machen würden. Rosa unterbrach den angefangenen Faden, sogar ihre Schwester Clara fehlte ihr. Das war zuletzt während des ersten Schulskikurses, der Fall gewesen. Rosa wählte ihre Nummer.

»Hallo, Clara!«

»Das ist eine Überraschung!« Die Begrüßung fiel ungewohnt herzlich aus.

»Ich wollte mal nachfragen, wie es euch so geht.«

»Uns geht's wie immer. Das heißt, Alf macht uns Sorgen in der letzten Zeit.«

»Inwiefern? Er ist hoffentlich nicht krank?« Rosa war besorgt.

»Nein, eher die Hormone oder was weiß ich. Stell dir vor, dieses Schlankerl* war insgesamt drei Monate nicht in der Schule! Wenn ich nicht zufällig zum Sprechtag gehe, erfahre ich das nie.«

»Und was machte er in dieser Zeit?«

»Du kennst ihn ja, er verrät nichts. Von einer anderen Mutter habe ich gehört, er fährt mit ihrem Sohn nach Wien.«

---

* wienerisch für sympathischen, kleinen Gauner

»Oh-oh, hat er viel Geld zur Verfügung?« Rosa klang beunruhigt. »Und, hat er sich verändert?«

»Nein, er nimmt keine Drogen! Glaub mir, das wüsste ich.«

Da war er wieder, dieser unüberwindbare Graben zwischen ihnen. Clara reagierte sensibel darauf, als Problemfall angesehen zu werden. Es war nicht einfach, eine kinderlose Psychologin in der Familie zu haben, die zu wissen glaubte, wie man Nachwuchs zu erziehen hatte.

»Rede du mit ihm! Vielleicht verrät er dir etwas«, bot Clara an.

»Warum nicht? Aber nicht als Spionin, das sage ich dir gleich.«

»Was soll das dann bringen?« Clara wurde skeptisch.

»Ich würde dir sagen, wie du es anstellen kannst, Zugang zu ihm zu bekommen.« Die Fachfrau sprach.

»Mmh, na ja, das ist besser als nichts. Probieren wir's.«

»Und wie läuft's bei der älteren Generation?«, begann Rosa erneut.

»Den Oldies geht's prächtig. Sie verreisen demnächst.«

»Dich und Günther, meinte ich«, unterbrach Rosa sie.

»Ach so, heute wieder très charmante, ich verstehe.«

»Aber ihr seid die ältere Generation!«

»Na gut, ich will jetzt nicht so sein, wo du dich wieder gemeldet hast, aus dem Ausland«, den Schluss des Satzes betonte sie seltsam. »Los, erzähl von dir!«

»Mir geht's gut, ich jobbe in einer kleinen Autovermietung, und sonst ist alles im Werden.«

»Sag, warum bist du eigentlich weg? Ich habe das nicht verstanden.«

Eh klar, fand Rosa. Wie konnte man in ihren Augen etwas über den Haufen werfen, das doch gut lief? Clara käme nie auf die Idee zu sagen: Ich will mich verändern, im Moment macht mir mein Leben so keinen Spaß mehr.

»Das verstehst du nicht«, antwortete Rosa betont ruhig.

»Wenn du dich da nur nicht täuschst, Schwesterherz. Denk daran, wir haben dieselben Gene!«

Rosa stutzte: »Was willst du damit sagen?«

Clara triumphierte: »Ach, nur, dass ich im kommenden Semester nach Pollonzo gehe.«

»Um was zu tun?« Rosa war zu gespannt, um irgendwelche beifälligen Bemerkungen zu tätigen. Ein Italienaufenthalt war für eine Italienischlehrerin nicht ungewöhnlich – aber mitten im Schuljahr?

»Ich gehe auf die Slow-food-Universität. Wer weiß, vielleicht mache ich meinen Abschluss in Cabri Gatineau* oder Dry Aged Beef**!«

Rosa war baff. Das hätte sie nicht gedacht, nein, nie. Clara kochte gern und gut. Das ja, aber …

»Gell, jetzt schaust!«

»In der Tat … und was ist mit deiner Lehrverpflichtung?«

»Pah, Sabbatical***!«, wiegelte diese ab.

»Und mit deinen Kindern?«

»Die sind froh, wenn ich nicht daheim bin!«

»Und was machst du mit Günther?« Kaum ausgesprochen, wurde sich Rosa der Absurdität dieser Frage bewusst.

»Den geb' ich zur Tagesmutti! Nein, im Ernst, Günther ist kein Kind mehr, und ich bin nicht seine Aufpasserin.«

Rosa staunte.

»Ja, es ist einiges passiert, seit du weg bist. Ich mach nicht mehr den Trottel für alle.« Claras Stimme klang ruhig und überlegt.

Jetzt fehlten Rosa gänzlich die Worte.

Was war nur in Pannonien los? Zuerst lief bei den Mädels alles aus dem Ruder, sie verliebten und ver-

---

* Ziegenkäse mit Asche und Edelschimmel
** trocken abgehangenes Rind
*** ein Jahr Auszeit

änderten sich. Dann kam Marti an die Reihe. Nicht einmal auf ihre Schwester, die fade Nocke, war mehr Verlass! Nun wollte sogar Clara sich selbstverwirklichen.

So gern Rosa Marti, ihre Schwester und die Mädels hinter sich gelassen hatte, so gern wollte sie, dass bei ihrer Rückkehr alle so wären wie zuvor!

28

Der Wind strich über Rosas Haut. Die Luft vibrierte. Das sanfte Plätschern der Wellen versetzte sie in einen Zustand der Zeitlosigkeit, den sie genießerisch in sich aufsog. Nur Luft, Licht und Freiheit, sonst nichts.

Eine gefühlte Ewigkeit dauerte dieser kostbare Moment. Dann, als ihr Mund trocken wurde, beschloss sie im nahen Club etwas trinken zu gehen.

Am Eingang das vergilbte Bild eines jungen Jockeys, ein Strauß weißer Lilien davor. Von der Decke des Lokals hingen Bojen, Treibholz, und was sonst noch, über die Jahre, an Land gespült wurde. Eine Mischung aus Jazz und fröhlicher 70er-Jahre-Musik empfing sie. Sie setzte sich auf eine der Holzbänke, mit Blick aufs Wasser.

Die Musik wehte über die abgesteckten Grenzen hinweg, sie ließ sich nicht festmachen, dachte Rosa, als sie mit einem Mal eine Hand an ihrem Hals spürte. Sie versuchte zu schlucken. Es ging nicht. Langsam drehte sie sich nach hinten und sah als erstes zwei Zahnreihen aufblitzen. Ein Lachen, das ihr bekannt war.

»Carlos, hast du mich erschreckt!«

»Hast du frei, Rosita?«

»Mittagspause. Was machst du hier?«

Carlos steckte sich einen Zahnstocher in den Mund und kaute daran herum. »Komm mit.«

Rosa griff in die Hosentasche und legte einen Geldschein unter die kleine Schüssel mit Aioli, dann eilte sie ihm hinterher. Die ersten 200 Meter lief Carlos am Strand entlang, dann bog er in die Dünen ab – und war verschwunden! Wie damals an ihrem ersten Abend, dachte Rosa.

Sie schlich langsam näher. »Carlos, lass das!«

Er fasste nach ihrem Knöchel – und zog Rosa hinter einen Sandhügel ins Gebüsch. Rosa schrie auf, halb im Spaß, halb in Empörung.

»Psst, mach nicht solchen Krach, sonst haben wir eine Horde Spanner am Hals!«

29

Normalerweise schneite Carlos herein, wann immer es ihm beliebte. Wenn er keine Lust auf ihre Gesellschaft hatte, blieb er einfach weg. So war Carlos. Für heute Abend hatte er sich allerdings angemeldet. Ungewöhnlich.

»Pack zusammen. Ich entführe dich!« Er stürmte zur Tür herein. Einen Carlos wie gerade jetzt kannte Rosa nicht. Sie hatte es vermieden nachzufragen, was er tagsüber trieb, wenn er nicht bei ihr war. Sie mutmaßte, es war nicht viel. Einmal hatte er erwähnt, er helfe seiner Schwester im Laden aus. Das aufgeregte Gefühl vom Beginn wurde, je länger sie ihn kannte, eher weniger als mehr. Als wäre es ein Gebilde aus Sand.

»Hab ich heute Geburtstag?«, scherzte Rosa.

»Nein, du nicht, aber ich!«, antwortete Carlos trocken.

»Äh, dann alles Gute! Warum sagst du nichts?« Rosa war aufgestanden und umarmte ihn, wie man jemanden begrüßt, den man beglückwünscht.

»Ich sag's ja gerade!«

»Ich meine gestern oder letzte Woche, zum Beispiel ...«

»Weil es egal ist. Komm!«

Er nahm sie an der Hand und zog sie in Richtung Auto.

»Warte, ich muss noch zusperren!«

Sie stand vor einem quietschgelben, klapprigen Fahrzeug. »Hast du dein altes neu spritzen lassen?«

»Nein, gehört meinem Onkel«, meinte Carlos knapp.

Rosa liebte es, überrascht zu werden. Im Besonderen von Menschen, die ihren Geschmack kannten. Bei Carlos wusste sie nicht, ob das der Fall sein würde.

»Jetzt sag schon, wo fahren wir hin?«

Er blickte ihr eindringlich in die Augen. »Was ist das Wesen einer Überraschung, Rosita?«

Er war gekleidet wie immer. Dunkle Jeans, dazu ein weißes Hemd und ein Lederband mit einem Medaillon. Sie antwortete mit einer Gegenfrage: »Was trägst du um den Hals?« In diesem Schmuckstück musste sich etwas für ihn Wichtiges befinden. Er tat ungerührt.

»Eine Locke.«

Rosas Neugier war geweckt.

»Von wem?«

»Von meinem Bruder.«

»Aha, das ist wohl üblich bei euch in Spanien!« Rosa dachte daran, dass sie keine hellrote Fisselsträhne von Clara bei sich tragen wollte, Tag und Nacht. Aber vielleicht ein Stück Chianina-Rind* aus ihrer Doktorarbeit?

Carlos holte sie zurück aus ihren Fantasien.

»Wir waren Zwillinge. Meine Mutter hat uns oft die Haare geschnitten und dabei Locken aufgehoben. Vicente ist gestorben, als wir vier waren.«

Rosa legte ihren Arm um seine Schultern. Das war nicht einfach im Auto. Was sollte sie sagen?

»Weißt du, er war ganz anders als ich. Er war sonnig und ruhig. Ich habe immer gebrüllt, wenn ich etwas haben wollte, und auch, wenn ich etwas nicht haben wollte. Ich war kein Engel!«

»Wie Kinder halt so sind«, warf Rosa ein und nickte wissend.

»Genau. Und dann stirbt mein Bruder, der brave. Von heute auf morgen. Meine Eltern waren öfter mit ihm im Krankenhaus, aber trotzdem war es für mich überraschend. Ich hatte lange Zeit Schuldgefühle. Schuldgefühle, weil ich leben durfte ...«, er holte tief Luft, »leben – das tue ich jetzt. Jeden Tag, als hätte ich es ihm versprochen.«

---

* Rinderrasse in der Toskana mit außergewöhnlich guter Fleischqualität, wird verwendet für Bistecca alla Fiorentina.

Rosa saß still da. Viele Fragen waren aufgetaucht, aber sie ließ Carlos mit ihrem Kram in Ruhe. Er hatte schließlich genug mit seinem eigenen zu tun.

Wie konnte man jemals über den Tod eines geliebten Menschen hinwegkommen? Nach einer Trennung im Streit konnte man wenigstens böse sein. Wenn der Gedanke an einen Menschen jedoch nur schöne Gefühle in einem wachrief – wie sollte das je zu verkraften sein? Rosa dachte an alte Menschen, die mit ihrem Partner im Geiste weiterlebten, die dessen vertraute Stimme hören oder die körperliche Anwesenheit spüren konnten. Rosa hatte in ihrer Praxis auch mit Menschen gearbeitet, die trauerten. Manche konnten sich in Hypnose ein letztes Mal verabschieden, spüren, dass es dem anderen gut ging, und sich schlussendlich wieder ihrem eigenen Leben zuwenden. Nun war sie nicht mehr in der Praxis, sondern im richtigen Leben. In diesem Fall konnte sie nichts anderes tun als da sein.

»Dann können wir ja heute zwei Geburtstage feiern!« Es war die Art und Weise, wie sie es sagte, die ein Lächeln auf Carlos' Gesicht zauberte.

»Ich bin dankbar, dass er mein Bruder war!« Er drückte Rosas Arm.

»Weißt du, was du tun kannst, um niemals sterben zu müssen?« Seine Stimme wurde leise, und er blickte zu ihr hinüber.

»Niemals geboren werden?«, tippte Rosa.

Er nickte.

»Genau das.«

30

»Ich bin schon so neugierig. Wo bringst du mich hin?«

Rosa musste sich zusammennehmen, um nicht vor Aufregung an den Lippen zu knabbern.

»Wir sind gleich da.« Carlos bog in eine kurze Zufahrtstraße ein. Vor ihnen lag ein Gebäude, bunt beleuchtet, Geschäft, Restaurant und Bar in einem, nicht unüblich auf der Insel.

»Gehen wir etwa essen?«, fragte Rosa überrascht.

»Wenn du hungrig bist, sollten wir vorher etwas essen!«

Vor was? Rosa fragte nicht weiter. Er hatte sich Mühe gegeben, also wollte sie ihn nicht länger nerven. Sie stapfte hinter Carlos in Richtung Innenhof.

Buddhastatuen, teilweise von innen beleuchtet, verbreiteten eine angenehme Stimmung. Carlos begrüßte die Leute am Eingang und, jetzt kam's – drückte Rosa ein leeres Weinglas in die Hand. Waren sie hier etwa auf einer Weinverkostung? Rosa folgte Carlos ungläubig. Da sah sie auch schon das Plakat: Die erste Inselweinkost fand hier und heute statt!

»Ich habe gedacht, das könnte dir Freude machen …«, begann Carlos, und Rosa strahlte ihn an.

»Du bist a Waunsinn, wie man bei uns sagt, und ein echter Haberer*! Auf dich, du sollst leben!« Der gängige Trinkspruch hatte an diesem Tag eine besondere Bedeutung gewonnen. Er konnte auch auf Du betont ausgesprochen werden.

Carlos hatte bereits Wein eingegossen, und beide konzentrierten sich auf die Duftaromen. Danach erhoben sie die Gläser.

»Wie schmeckt dir der Malpuesto aus 2007?«, fragte Carlos nach einer Weile.

»Schwarze Früchte, balsamisch kraftvoll und dabei sehr fruchtig.« Rosa war nach langer Zeit wieder in ihrem Element. »Woher kommt er?«

»Alle Weine an diesem Stand sind aus dem Riojagebiet. Unserer hier besteht aus 100% Tempranillo. Sein Name bedeutet so viel wie, lass mich nachdenken, wie nicht regulär ausgepflanzt.«

»Interessant.« Rosa überlegte, zu welcher Gelegenheit sie diesen Wein empfehlen würde. Schwierig.

»Oder ›Falscher Platz‹. Das galt für die Zeit zwischen 1945 und 1954.« Carlos griff nach der nächs-

---

* ein Wahnsinn und ein echter Freund

ten Flasche. »Jetzt probier mal diesen hier, Gaudium 2004.«

Rosa nahm das Glas zur Hand und schwenkte es. »Dunkelrote Kirschfarbe, dem Geruch nach zu schließen mindestens ein Jahr in Eiche, würde ich sagen.«

»Nicht schlecht, Frau Doktor«, meinte Carlos mit herausforderndem Unterton. Rosa nahm einen Schluck. »Schmeckt harmonisch, fast schon sophisticated«, sie setzte das Glas abermals an die Lippen, danach fuhr sie fort, »weißt du, das Beschreiben von Stimmungen habe ich in der Hypnotherapie gelernt«, sie schmatzte. »Was hast du weiter gelernt, nach deiner Ausbildung?«

»Reden wir lieber von den Weinen.« Carlos ging zum nächsten Stand und griff nach einer weiteren Flasche: »Dieser hier ist aus Ibiza.« Er zwinkerte Rosa zu. »Ein Tropfen Tentación gefällig?«

»Aber immer doch. Ich lass mich gern in Versuchung führen. Vor allem, wenn der Wein bereits so heißt!«

Von hinten klopfte jemand Carlos auf die Schulter.

»¡Hola, mi amigo!«

Carlos drehte sich um. Ein Mann mit silbrig-gewelltem Haar, das er sorgfältig mit Pomade in Form gebracht hatte, umarmte ihn.

»Darf ich vorstellen? Joaquín, Weinproduzent und Geschäftspartner meines Onkels aus Argentinien.« Der ältere Herr im weißen Anzug nahm Rosas Hand und tätschelte sie versonnen. Carlos redete unbeirrt weiter. »Rosa Talbot, eine Bekannte und Weinliebhaberin aus Österreich.« Mit der einen Hand strich sich der feine Señor über sein Haargebilde, mit der anderen Hand führte er Rosas an seinen Schnurrbart. Es kitzelte. Er küsste ihre Finger in aller Langsamkeit und verbeugte sich, dann ließ er ihre Hand endlich sinken. »Ich bin hocherfreut, meine Teuerste. Ich kann es kaum erwarten, mehr über ihre Passion zu erfahren.«

Rosa fühlte sich unbehaglich, so viel Aufmerksamkeit war sie nicht gewohnt. Und – sie zögerte, hinter einem Übermaß an aufgesetzter Höflichkeit hatte sich bisher meist eine herbe Enttäuschung verborgen.

Ein simples Hallo schien ihr für die Situation angemessen.

Als hätte ›Señor Rudolpho Valentino reloaded‹ ihre Gedanken erraten, ließ er von ihr ab. Wer Bewunderung spendete erwartete diese meist zurück, sonst machte das Spiel keinen Spaß!

Da lob ich mir den Neid, Süße, er ist die ehrlichste Form der Anerkennung!, hatte Maria einmal gemeint. Wie recht sie hatte, dachte Rosa nun.

»Sie müssen diesen Wein verkosten«, Joaquín

lächelte, »mein Flaggschiff. Von dem verkaufe ich weltweit ...«

»Ja, du bist gut im Geschäft!«, unterbrach ihn Carlos, wohl wissend, dass Gespräche über Geld seine Freundin langweilten.

»Er ist Fair Trade und Bio, das ganze Programm!«, fuhr Joaquín ungerührt fort.

Rosas Neugierde war geweckt, nicht nur am Geschmack des Tropfens. Sie schwenkte das Glas, um durch den Sauerstoff mehr Duftaromen im Wein zu aktivieren. »Mhh, Vanille, altes Holz.« Sie setzte das Glas an die Lippen und nahm einen Schluck. »Er ist ohne Zusätze, sagen Sie? Und das funktioniert im ganz großen Stil?«

»100 Prozent Trauben!«, antwortete er barsch.

»Ich habe gehört, dass in anderen Ländern weit mehr Zusatzstoffe erlaubt sind als bei uns.«

»Woher kommen Sie, sagten Sie?« Joaquín hatte ausgetrunken und sich über Rosa hinweg nach weiterer Kundschaft umgesehen. »Österreich, so ein kleines Land, mit solch großem Wein!« Dann rieb er sich die Nase – und weg war er.

Rosa überlegte, ob in ihrem leer getrunkenen Glas eine Schleimspur zurückbleiben würde. Ihrer Erfahrung nach floss die Persönlichkeit eines Menschen in alles ein, was er tat, in diesem Fall natürlich in den Wein. Die gleiche Rebsorte eines Rieds erbrachte unterschiedliche Ergebnisse, sobald sie durch die Hände zweier verschiedener Winzer ging. Für manche Weintrinker mochte es überkandidelt* klingen, aber Önopsychologin Rosa wollte auch diesen Aspekt berücksichtigt wissen.

* exzentrisch, übertrieben

31

»Bah, ist mir schlecht!« Rosa schlug die Augen auf. Carlos lag neben ihr.

»Hey, wach auf. Du musst Frau Bodo anrufen. Ich kann heute nicht.«

»Du verträgst wohl keine Weine aus der neuen Welt?« Carlos rieb sich die Augen. Er lachte und stand auf. »Joaquín hat alle Register gezogen.«

»Ich glaube, die Chorizo war's, die hatte so eine gefährliche Farbe!«, antwortete Rosa. Sie mochte jetzt nicht an Wein denken, und an den gelackten Affen von Mann ebenso wenig.

»Wir Spanier essen unsere Wurst nun mal gern bunt. Aber vielleicht verträgst du das nicht, ist schon möglich.« Er nahm das Telefon und ging ins Freie.

Während er mit Frau Bodo sprach, übergab sich Rosa. Es war nicht zu überhören, sie schien sich die Seele aus dem Leib zu kotzen.

»Ach, die Arme. Ich vertrage Chorizo auch nicht. Sagen Sie ihr das, bitte!« Frau Bodo mochte Rosa offenbar. So viel Gefühl zeigte sie eher selten.

32

Ausgerechnet an diesem Tag musste Carlos im Laden aushelfen. Rosa lag im abgedunkelten Zimmer, wieder einmal lief Coldplay mit ›The warning sign‹. Sie dachte daran, dass sie als junges Mädchen oft wegen Regelschmerzen das Bett hüten musste, eine Wärmeflasche auf dem Bauch. Das war lange her, nach anfänglichen Schwierigkeiten kamen die *Rote Emma* und sie ganz gut klar. Und wann zuletzt? Rosa wurde es heiß. Carlos hatte immer Kondome verwendet, da sollte nichts passiert sein. Bis auf das eine Mal am Strand – aber in ihrem Alter bastelten manche jahrelang ohne Erfolg. Vielleicht war es auf die Klimaumstellung zurückzuführen, oder sie kam schon in die Wechseljahre. Maria kannte eine Frau, die schon mit 36 … Das Läuten des Telefons holte sie zurück aus ihren klimakterischen Gedanken. Ohne Nachzusehen drückte sie die Annahmetaste. »Talbot, ja bitte!«

»Ich bin's, Marti.«

Oh Gott, auch das noch! Was stand heute in ihrem Horoskop: Generalreinigung von innen, vermischt mit Schnee von gestern? Oder: Alles, was Sie vor sechs Wochen begonnen haben, entwickelt sich zu einem fruchtbaren Projekt?

Womit hatte sie das verdient, an einem Tag wie diesem, mit diesem Gefühl im Magen? Raunzen half nichts. Da musste sie durch, ihre Gehirnzellen dressieren und irgendetwas antworten!

»Hallo, Marti!« Na bitte, das lief ja großartig.

»Ich wollte mal schauen, wie es dir geht.« Schauen, schauen, hatte er schauen gesagt? Kommt er her? Ist er etwa schon da?

»Heute ist schlecht. Mir ist schlecht.«

»Ah, zu viel getankt gestern?«

»Nein!« Wie gern hätte sie jetzt, als wäre es die größte Nebensächlichkeit der Welt, gesagt: Nein, ich bin bloß schwanger, weißt du. Aber Lebensmittelvergiftung kam auch gut.

»Ich habe schlechte Wurst gegessen.«

»Das riecht man doch normalerweise vorher. Außer man hat zu viel ...«

»So, jetzt reicht es! Was willst du? Mir einen Vortrag halten über gesunde Lebensführung? Wo du doch selbst bis in die Morgenstunden aktiv bist, wie man hört, und dich mit zweifelhaften Hobbys ...«

»Bist du pähkähullu*?«, jetzt fiel Marti ihr ins Wort, »ich lege auf. Das haben wir beide nicht nötig.«

---

* finnisch für verrückt

Oh, wie ritterlich: Das haben wir beide nicht nötig. Oh, wie politisch korrekt, wie ... lulumäßig! Sie schleppte sich aus dem Bett auf die Terrasse. Hier fühlte sie sich gleich besser.

Dir zeig ich's, Herr Virtanen, hier einen auf edel, hilfreich und gut zu machen! Du wirst noch schön schauen!

33

Als Frauke einige Stunden später an die Tür klopfte, öffnete Rosa mit seltsamen Flecken im Gesicht.

»Carlos hat angerufen, ich soll nach dir sehen … Oh Gott, was ist mit dir passiert?« Frauke hielt die Hände vor den Mund.

»Wieso? Mir geht's schon viel besser. Komm rein, ich zeig dir, was ich fabriziert habe.« Sie ging vor, die Nachbarin hintendrein. Die Sicherheit, die Rosa ausstrahlte, beruhigte Frauke.

»Vollmond über Es Culleram*.« Sie hielt einen Karton in ausdrucksstarken Tönen in die Höhe. »Habe ich gerade gemalt!« Sie setzte sich und wischte sich mit der angepatzten Hand über das verschwitzte Gesicht. Eine Weile saßen sie so da. Frauke betrachtete Rosas Werk, und Rosa starrte ins Leere.

»Kennst du eine Deutsch sprechende Frauenärztin?« Mit diesem Satz durchbrach sie die Stille.

»Ja klar. Stimmt was nicht?«

»Du weißt schon, Klimaumstellung und so.« Rosa versuchte mit erregter Stimme beruhigend

---

* Höhle auf Ibiza, in der die Phönizier der Fruchtbarkeits-Göttin Tanit Opfergaben dargebracht haben

auf Frauke einzuwirken. So etwas klappte nie, die Stimme war ein feines Instrument.

»Du bist schwanger, uiuiui!«

»Nein, bin ich nicht. Ich komme vielleicht schon in die Wechseljahre.«

»Du? Vergiss es. Ich bin in den Wechseljahren und ich bin zehn Jahre älter. Glaub mir, das spürst du genau, wenn es so weit ist: Dir wird heiß, als hättest du glühende Kohlen …«

»Ist schon gut!«, unterbrach sie Rosa. Ihr war tatsächlich heiß geworden.

Frauke war nähergerückt und umarmte sie nun.

»Keine Panik, wir kriegen das hin! Ich geh dann mal und mache einen Termin. Wenn du willst, begleite ich dich auch.«

»Danke.« Rosa drückte sie fest an sich – und Tränen begannen von ihrer Nasenspitze zu tropfen.

Sie konnte sich nicht erinnern, jemals aus Rührung geweint zu haben. So war es nun, sie war gerührt über Fraukes Fürsorge. Das tat sie doch sonst nicht, Gefühle auf diese Weise auszuleben, hatte sie schlicht nicht sozialisiert. In ihrer Familie sagte man, was zu sagen war, und basta. Da wurde nicht rumgeheult.

Rosa musste an Martis Mutter denken, die sie nach zwei Jahren Beziehung zum ersten Mal getroffen hatte. Er hatte wohl viel über seine neue Liebe erzählt, und als Rosa endlich vor ihr stand, rannen der guten Frau die Tränen übers Gesicht. Rosas erster Gedanke war: Oje, vielleicht hätte ich doch etwas anderes anziehen sollen?

Marti hatte ihr das Weinen aus Freude nähergebracht. Er, als Nordländer, aber so war es eben. Jetzt konnte sie es auch. Und es tat gut. Sie heulte gleich eine weitere Runde. Sie dachte an Marti und an seine Mutter, an sich selbst und an Frauke. Auch Carlos kam vor und alle Männer, die noch kommen würden.

Frauke hielt sie einfach fest.

Nach einiger Zeit holte sie frische Taschentücher und entsorgte die durchgeweichten. Frauke war Rosas Weinbegleitung.

Welche Gefühle vorkamen, war im Grunde egal. Wichtig war, dass sie allesamt ausgeschwemmt wurden. Die Stresshormone mussten auch einmal Gassi gehen!

Gehört hatte Rosa oft davon, auch darüber gelesen und ihren Patienten empfohlen. Wie gut es tat, spürte sie nun am eigenen Leib und an eigener Seele. Langsam kehrte Ruhe ein, als hätte sie einen mittelgroßen Berg bezwungen. Es war nicht gerade der Großglockner, aber zumindest der Grünberg bei Gmunden. Den hatte sie mal erklommen. Mit Marti, damals … Noch eine Runde!

Ja, er war ein Teil ihres Lebens und würde es wohl bleiben.

»Ich geh mal rüber zum Telefonieren. Ist das für dich in Ordnung?« Fraukes Stimme war so sanft, als redete sie mit einem Baby.

»Mhh. Aber beeil dich, ja?«

Frauke huschte nach draußen, und Rosa war allein mit sich und ihrem Kunstwerk. Unglaublich, was das Malen bei ihr auslösen konnte. Ohne Sprechenmüssen wurden Schleusen geöffnet, und ohne Verstehenmüssen wurde Druck abgebaut.

»Also ...«, hörte sie Frauke von der Terrasse her, »wir können morgen hinfahren, wenn du willst, oder«, sie hantierte an einer kleinen Schachtel herum, »oder, du machst den Test hier! Den habe ich noch aus meiner Zeit mit José. Ich war nicht immer mit einer Frau zusammen, musst du wissen, aber das ist eine andere Geschichte ...«

Rosa hing am Sofa wie ein Stück Gammelfleisch. Langsam ging ihre Entspannung in bleierne Müdigkeit über. Die Endorphine in ihrem Körper hatten den restlichen Tag zum Feiertag erklärt. Fazit: Rosa war alles wurscht.

»Kannst du pieseln?«

»Was, bitte? Ich weiß nicht. Zuerst habe ich alle Flüssigkeit rausgekotzt und dann habe ich den letzten Rest verweint … mal sehen«, sie nahm Frauke das Ding, das wie ein Fieberthermometer aussah, aus der Hand und steuerte Richtung Bad, »ich probier's.« Frauke hatte sich solche Mühe gegeben, da wollte sie sich kooperativ zeigen.

»Vielleicht solltest du etwas trinken!«, rief ihr Frauke hinterher.

»Ja, mach ich.«

»Weißt du, wie das geht?«

»Was, trinken?« Rosas Gehirn lief auf Stand-by-Modus.

»Nein, den Test machen!«

»Nö.«

»Du Glückliche, hast ihn noch nie gebraucht. Horch, du machst Pipi auf das … das … Display.«

»Aufs Display?«

»Na, auf diese Anzeige. Da erscheint dann ein Zeichen. Es ist noch ein altes Modell, wie gesagt, es kommt ein Plus oder ein Minus … je nachdem …«

Aus dem Bad ertönte ein Rauschen.

»… je nachdem, was man sich wünscht«, brachte Rosa den Satz zu Ende und trat aus der Tür.

34

»Und du hast sicher nichts zu Carlos gesagt?« Mit diesen Worten empfing Rosa ihre Nachbarin frühmorgens an der Eingangstür. Sie war bereits fix und fertig angezogen und hielt die Handtasche an ihren Körper gepresst.

»Was hätte ich ihm sagen sollen?« Frauke blieb ruhig. »Dass der Schwangerschaftstest beides angezeigt hatte? Schwanger und Nichtschwanger?«

Ich hab Läuse und Flöhe, dachte Rosa und ihre Mundwinkel gingen hoch dabei. So bezeichnete man in ihrer Heimat den Zustand, wenn sich Probleme vermehrten. »Mir ist schlecht, noch immer oder schon wieder ... ich weiß nicht. Lass uns fahren. Ich halte diese Ungewissheit nicht länger aus.«

Rosa war blass um die Nase an diesem Morgen.

»Von mir aus kann es losgehen. Magst du nicht wenigstens einen Bissen essen? Sieh mal, ich hab dir kandierten Ingwer mitgebracht. Der hilft bei Übelkeit.«

»Den ess' ich im Auto, danke, Frauke!«

»Buenos dias, Signoras«, wurden sie freundlich an der Anmeldung begrüßt.

»Wir möchten zu Nele!« Frauke mit ihrer direkten Art war Gold wert. Ein Blick in den Warteraum genügte, um das zu begreifen. Wonnige Mamis saßen da, einige mit Baby, einige in Erwartung desselben und einige – sowohl als auch. Frauke drehte sich zu Rosa: »Wir gehen gleich durch. Nele ist eine Studienkollegin meiner Schwester, sie stammt ebenfalls aus Freiburg.«

Wenige Minuten später ging die Praxistür auf, und eine fröhliche, fliederfarben gekleidete Frau um die 50 kam auf Frauke zu. Sie umarmten sich.

»Na, wie geht's?« Dann wurde sie auf Fraukes Begleitung aufmerksam und streckte ihr die Hand entgegen.

»Dann geht es also um Sie? Ich dachte gleich, Frauke wäre schon zu alt für Probleme solcher Art«, sie zwinkerte ihr zu, »kommt rein!«

Ab diesem Moment ging es Rosa besser. Egal, wie es ausgehen sollte, es würde gut werden!

Nachdem sie Nele erzählt hatte, worüber sie sich sorgte, und Nele sie duzte – »Fraukes Freundinnen sind auch meine Freundinnen« –, musste sie auf den Stuhl. Frauke hielt tatsächlich ihre Hand.

»Mhh, ja, sieht alles gut aus.« Rosa zog die

Augenbrauen hoch, und Frauke drückte die Hand fester.

Nele schaute versonnen, während sie Rosa eingehender untersuchte. »Ich kann nichts Abnormales entdecken. Ich würde sagen, du bist ganz normal schwanger! Sechste bis achte Woche, so ungefähr. Nagelt mich da nicht fest!«

Stille.

Rosa stieg vom Untersuchungsstuhl und ging in die Kabine, um sich anzuziehen.

»Du bekommst ein Kind, Rosa. Vielleicht ist das deine letzte Chance. Als Frauenärztin muss ich dir das sagen. Du bist über 40, da ist das ein kleines Wunder!«

Rosa schwieg noch immer. »Das ist nicht möglich ...«, stotterte sie schließlich.

Bei dem Wort ›Wunder‹ hatte sie allerdings ihre Augen feucht werden gespürt. Gegen Wunder war man doch machtlos, oder?

»Hast du jedes Mal verhütet? Nein?«

Rosa schüttelte den Kopf und kam sich ein wenig naiv vor. Es musste das eine Mal am Strand passiert sein, da hatten sie beide keine Kondome dabei gehabt. Aber sie war keine 17 mehr, Frauen in ihrem Alter probierten oft jahrelang, schwanger zu werden.

»Ich an deiner Stelle würde mir das gut überlegen«, Nele sah zu Frauke hinüber, »du weißt, wie sehr ich es bereut habe, mich damals falsch entschieden zu haben.«

»Ich habe sogar daran gedacht, ein Kind zu bekommen.«

»Na bitte, dann passt es ja wohl!« Nele sah das ganz pragmatisch.

»Das war in meinem früheren Leben, als ich noch einen Mann hatte, auf den Verlass war, einen guten Job und ein geräumiges Haus.« Sie waren in das nächste Café gegangen, es lag direkt beim Hafen. Eine Brise kam auf, und es roch nach Weite und Meer.

»Tja, du bist aber nicht schwanger geworden. Glaub mir, das hatte seinen Sinn.«

Rosa trank von ihrem frisch gepressten Orangensaft.

»Kinder sind ein Geschenk. Ich weiß, ich sollte das nicht sagen, weil – natürlich nerven sie auch. Aber in unserem Alter, Neles und meinem, sieht man das viel relaxter. Mein Gott, wenn ich damals von José schwanger geworden wäre, damals war ich so alt wie du. Wie froh wäre ich heute. Ich wär' nicht so allein.« Frauke war nachdenklich geworden.

»Du bist doch nicht allein.« Rosa bekam schon wieder feuchte Augen.

»Wer wird bei mir sein, wenn ich richtig alt bin?

Meine Schwester? Joy? Und wenn ich mal nicht mehr bin, ist alles aus.« Frauke saß da und blickte über die Wellen.

»Dann ist es für uns alle aus«, entgegnete Rosa beherzt, »so ist das Leben. Das sind seine Spielregeln.«

»Je älter ich werde, desto öfter denke ich daran, dass es schön wäre, wenn etwas nach mir weiterleben würde. Vielleicht ist es egoistisch oder größenwahnsinnig, aber dann wäre nicht alles umsonst gewesen.«

Rosa nahm die Freundin in den Arm: »Ich weiß, was du meinst«, sie wischte an den Augen, »sieh mal, vielleicht wird es ja jetzt anders, wo wir ein Kind bekommen!«

Kaum ausgesprochen, glänzten auch Fraukes Augen.

»Kein Wort zu niemandem!« Rosa setzte das strengste Gesicht auf, das ihr Repertoire aufzubieten hatte. Obwohl sie sich speziell in den letzten Tagen sehr nahe gekommen waren, durfte sie nicht vergessen, dass Frauke Carlos bedeutend länger kannte.

»Versprochen.« Frauke schlug ein. »Aber du musst es ihm bald sagen!«

35

›Ein Anruf in Abwesenheit‹, leuchtete am Handydisplay. Sie wählte die Nummer, es war Alfi.

»Hi, Rosa, wie geht's dir?«

»Tja, und selbst?«

»Ich wollte mal nachfragen, ob du dir überlegt hast, wann ich mit meinen Freunden kommen kann. Du weißt schon, Partymachen und so.«

Rosa blies hörbar die Luft aus den Wangen: »Ph, Alfi, das ist jetzt ganz schlecht. Was treibst du eigentlich die ganze Zeit?«

»Hat Mum dir etwas erzählt?«

»Ist ja egal, also was läuft bei dir ab?« Rosa genoss nach den Aufregungen ihren sprachlichen Ausflug in die Jugendkultur. Und, wenn er es zu arg triebe, würde sie sich daran erinnern, dass Alfi nicht ihr Kind war, sondern das ihrer Schwester.

»Ich habe da jemanden kennengelernt.«

»Du hast eine Freundin? Aber das kannst du deiner Mutter doch erzählen. Sie hat viel schlimmere Befürchtungen.«

Alfi blieb reserviert.

»Sie arbeitet in einem Tattoo-Geschäft in der

Stadt, macht Piercings, Brandings, kombiniert mit Rasuren.«

»Ich versteh schon.«

»Nein, tust du nicht. Sie lernt mich an, drei Mal die Woche.« Es folgte eine kurze Pause. »Das ist es, was ich machen will, jetzt weiß ich es endlich.«

Rosa schluckte. Man musste doch froh sein, wenn die Jugend Vorstellungen über die Zukunft hatte, oder?

»Dann red halt mit deinen Alten!«

»Sinnlos, die sagen, ich kann alles machen nach der Matura. Aber die brauch ich gar nicht als Tätowierer.«

Das war verfahren.

»Aber Alfi, du siehst doch, wie sie sich bemühen. Wenn deine Mutter oder ich damals ...«

»Das waren andere Zeiten, das kannst du nicht vergleichen«, fuhr Alfi sogleich dazwischen, »die sollen froh sein, wenn ich nicht einen auf Tabletten mache. Der Bruder von einem Freund ist stinkreich geworden mit neuen Rezepturen.«

Rosa wurde es leicht schwummerig. Die Mutterrolle konnte noch interessant werden in den nächsten 20 Jahren – oder die Weltordnung wechselte endlich ins goldene Zeitalter!

Was Schwangerschaftshormone alles auszurichten imstande waren – fantastisch. Sie beruhigte sich wieder.

»Die wissen ja gar nicht, was sie an mir haben«, fuhr Alfi fort. Oh-oh, das kannte Rosa aus ihrer eigenen Geschichte. Sie musste dringend mal mit Clara reden. Was ihre Schwester wohl zu ihrer Mutterschaft sagen würde? Nach dem letzten Gespräch konnte sie das nicht abschätzen. Wahrscheinlich würde sie sich freuen, mitfreuen oder zumindest schadenfreuen.

Nach dem Gespräch mit Alfi musste Rosa die Füße hochlegen. Kaum wusste sie, dass sie schwanger war, verhielt sie sich auch so.

Sie würde ein Baby bekommen, keinen Pubertierenden, und hätte folglich genug Zeit, sich auf das Grande Finale mütterlicher Fürsorge vorzubereiten. Davor würde es viel an Nähe und Kuscheln, an bedingungsloser Liebe und Zärtlichkeit geben. Rosa gefiel die Vorstellung mit jeder Minute besser. War es nicht das, was sie vermisst hatte? Wofür die Katzen herhalten mussten? Gleichzeitig durfte sie ihr Bild von sich als alte Frau korrigieren. Nein, sie würde nicht mit Maria und 15 Katzen im Haus am See wohnen. Sie hätte dann ein Kind! Und Maria, vielleicht bekam die ja auch noch eines. Rosa war heute großzügig. Vielleicht konnten sie eine Mütter-WG gründen, aber nein, das ging nicht – Maria hatte sich verliebt!

Ein seltsames Gefühl beschlich Rosa. Als hätte sie ihre beste Freundin betrogen, weil ihr jetzt eine andere Frau nahestand und sie ihr nichts von ihren lebensverändernden Umständen erzählt hatte. Sie wollte es vorher dem Kindsvater sagen, das gehörte sich so. Wenn man sich fortpflanzte, kamen schnell alte gesellschaftliche Dos und Don'ts zum Vorschein. Ehe man sich's versah, schlitterte man als Paar in traditionelle Rollenmuster. Flutsch, und weg. Rosa würde das nicht passieren, denn sie würde ihr Kind allein großziehen. Einerseits eine schöne Aussicht, andererseits bereitete ihr dieser Umstand schlaflose Stunden. Wem konnte sie es anvertrauen, wenn sie zur Arbeit gehen musste? Würde Frau Bodo sie nach dem Wochenbett wieder anstellen und wenn ja, könnte sie mit ihrem Verdienst die Tagesmutter finanzieren? Was, wenn sie das Kleine nicht in Betreuung weggeben konnte? Wovon sollte sie dann leben? Die Gedanken fuhren Karussell.

36

Rosa stand am nächsten Morgen auf, zog sich an, übergab sich und fuhr zur Arbeit. Sie wollte Frau Bodo noch nichts verraten. In der Nacht hatte sie einen schönen Traum gehabt. Das Baby lag in ihrem Arm, es hatte braune Locken, taubenblaue Augen und ein süßes Lächeln. Ach ja, es war ein Mädchen gewesen, und sie hatte sie Nele genannt.

Rosa betrat das Büro. »¡Buenos dias!«

»Guten Morgen, Rosa, geht's besser, ja?«

»Danke der Nachfrage, es wird.«

»Wir haben viel zu tun. Das gestern Liegengebliebene muss unbedingt raus. Ich hoffe, Sie können heute über Mittag bleiben?«

»Gut. Dafür möchte ich gern Montag freinehmen.«

»Geht klar.«

Rosa setzte sich an ihren Arbeitsplatz. Der Berg an Rechnungen und Formularen, die auf Bearbeitung warteten, war höher denn je.

»Schon wieder ein Unfall?« Rosa sah die Schadensmeldung am Schreibtisch und tippte sich an die Stirn.

»Das Schlimme ist«, Frau Bodo räusperte sich, »es ist zwei Mal dasselbe Auto in den Unfall verwickelt.« Sie blickte auf, Rosa direkt in die Augen. »Das kann Zufall sein, muss es aber nicht.«

Oje, ich hatte versprochen, mich darum zu kümmern, dachte diese. Sie räusperte sich ebenfalls.

»Ich weiß, dass sich alle Unfälle in einem doppelten Kreisverkehr ereignet haben. Klar, dieser ist mit einem neuen Auto ungewohnt zu fahren. Mir wäre beinahe auch ein Unfall passiert, gleich am ersten Tag …« Sie stockte.

»Und ich vermute, dass die Spenglerei mit drinhängt, samt den Unfallverursachern«, ergänzte Frau Bodo nüchtern.

»Was genau haben sie von den Schadensfällen?«

»Die Fahrer lassen sich ihre alten Rostlauben auftunen, zudem könnten sie an den Umsätzen der Werkstatt beteiligt sein.«

»Miese Geschichte.«

»Das können Sie laut sagen.« Frau Bodo war aufgesprungen. »Ich geh zur Polizei!«, rief sie beherzt. Sie packte die Unterlagen zusammen und stürmte zur Tür hinaus. Rosa sah ihr nach. Wenn sie ihr bloß weiterhelfen könnte, irgendwie. Und sie hatte einen seltsamen Verdacht …

In der Mittagspause schaute Frau Bodo zur Tür herein. Sie sah aus wie immer.

»Und?«, begrüßte sie Rosa neugierig.

»Jetzt müssen die sich darum kümmern. Cambio y fuera!* Was darf ich Ihnen zum Essen bringen? Worauf haben Sie Lust?«

Rosa überlegte. Der ärgste Stress war vorüber und sie verspürte ein deutliches Hungergefühl.

»Gibt es hier Blutwurst?«

Frau Bodo zog die Brauen hoch.

»Hatten Sie nicht meistens ein Käsesandwich? Und ich dachte schon, Sie wären Vegetarierin. Aber wie Sie meinen. Ich laufe mal eben zu dem deutschen Imbiss rüber.«

Rosa aß kaum Fleisch oder gar Wurst. Bis vor Kurzem jedenfalls. Die Chorizo war bereits einem Anflug von Fleischeslust zuzuschreiben.

Keine fünf Minuten später wehte vertrauter Essensgeruch durch das kleine Büro.

»Bittschön! Blutwurst und Kasseler auf Sauerkraut. Lassen Sie es sich schmecken!«

Rosa glaubte, ein leichtes Kopfschütteln bemerkt zu haben.

---

* Aus und vorbei!

»Bei uns in Österreich sagt man, wenn einem übel ist, müsse man dem Magen einen Herrn zeigen!«, erklärte sie rein präventiv und biss herzhaft in die glänzend-schwarze Wurstmasse. Wie das schmeckte! Wussten Vegetarier das überhaupt? Und dieser Hunger! Als müsste sie tot umkippen, wenn sie nicht sofort weiteressen durfte. Die gute deutsche Hausmannskost aß sie bis zum letzten Zipfel auf und wischte sich den fettigen Mund ab. Jetzt ein Schläfchen, das wär's!

Als könnte ihre Chefin Gedanken lesen, fragte sie: »Café con leche? Ich muss Sie heute ein wenig verwöhnen.«

»Kaffee? Gern, ich nehme einen doppelten Espresso!«, antwortete Rosa. Frau Bodo verschwand, und Rosa nutzte die Zeit für eine Ultrakurzentspannung. Darin war sie gut. Als ihre Chefin mit der Tasse zurückkam, war Rosa wieder fit. Es war fein, wenn man von den wichtigen Dingen im Leben ein bisschen etwas verstand. Genießen, entspannen und das Leben so nehmen, wie es eben kam.

Irgendwann war der Papierberg abgearbeitet, und Rosa öffnete eine der inzwischen 117 virtuellen ungelesenen Nachrichten.

›Rotwein und Lachen machen glücklich und verlängern das Leben!‹, stand in einer Aussendung.

Rosa lehnte sich zurück. Sie konnte sich ein Grinsen nicht verkneifen. Auch wenn es erst jetzt statistisch erwiesen war, sie hatte es immer schon gewusst. Zur Stunde war Wein allerdings kein Thema. In letzter Zeit hatte sie ihm nur sporadisch zugesprochen, und nun würde sie ihn ganz streichen.

Endlich im Bett, konnte sie nicht einschlafen. Sie musste an ihr Leben denken, das sie vor einigen Monaten gecancelt hatte. An die Beziehung zu Marti, ihrem normannischen Ritter ohne Fehl und Tadel, wie sie geglaubt hatte. An die Freundinnen, mit denen sie regelmäßig fröhliche Abende genossen hatte. Mona war endlich geschieden, Maria war verliebt in einen Mann, den Rosa nicht einmal bemerkt hatte, und Elli war angeblich nicht mehr die alte. Rosa warf sich im Bett von einer Seite zur anderen.

Und ihre Klientinnen? War Frau P. in die Klinik gefahren, um zu zeigen, dass sie noch lebte, und hatte Frau S. nun komplett in der Eso-Welt eingecheckt?

Ihr letztes Fortbildungsseminar in einer Art Witztherapie kam ihr in den Sinn. Die Geburt neuer Therapieformen war wohl ein fließender Prozess. Auf endloses Einfühlen der Marke ›Sie-sind-wirklich-arm–dran‹ musste irgendwann die Antwort kommen: ›Das Mittel-das-Sie-brauchen-wird-erst-2050-erfunden!‹

Lina würde sagen, es verhielt sich wie mit Schokolade und Essiggurkerl. Wenn sie Süßes aß, brauchte sie danach Saures und umgekehrt. Warum sollten in der Psychoszene andere Gesetze gelten als die des guten Geschmacks? Apropos guter Geschmack: Sie musste *es* Carlos sagen. Jetzt war es mit dem Einschlafen gänzlich vorbei, sie war hellwach. Warum ihn nicht gleich anrufen? Mit einer Hand tastete sie nach dem Telefon.

Wie machte man so etwas überhaupt? Und dann noch stilvoll, wie das so schön hieß?

In Alfis Generation genügte eine SMS oder ein Eintrag an der Pinnwand: Hey Alter, wir sind schwanger ;)

Sie hatte oft über die flapsige Kommunikation der Jungen gewettert, jetzt wäre sie heilfroh, könnte sie ihr Anliegen in einer Sekunde an diesen Mann bringen! Ein Lifestyle-Coach würde sicher das Schreiben eines Briefes empfehlen. Aber wer verschickte heute noch einen Brief? Vielleicht glaubte Carlos dann, sie wäre komplett übergeschnappt und ungeeignet, ein Kind großzuziehen? Und *wie* bitte sollte sie einen Bogen in Größe A4 füllen? Sie konnte schlecht 99 Mal ›Hallo, Carlos, ich bin schwanger‹ schreiben. Mehr war nicht zu sagen. Also etwas anderes.

Eine Karte, sie würde ihm eine Karte schreiben! Eine mit Babyschühchen drauf. Da brauchte sie dann eigentlich – gar nichts dazuschreiben. Perfekt, lediglich ›Liebe Grüße von Rosita‹. Das war's. Beruhigt fiel sie ins Bett zurück und schlief in der Sekunde ein. Der Tag war lang gewesen. Die Geräusche aus dem Garten hörte sie nicht mehr. Hätte Rosa diese bemerkt, wäre das nicht gerade förderlich für die Gesamtsituation gewesen. Ihre innere Aufpasserin schaltete auf Durchzug – und ließ sie nicht wahrnehmen, dass sich neben unangenehmen Gerüchen und Geräuschen auch Zigarettenstummel auf der Zufahrtstraße häuften.

Verdrängung ist der Grund, dass es manchmal so aussieht, als würde jede von uns in ihrer eigenen Welt leben.

Viel zu früh fielen die Sonnenstrahlen durchs Fenster an diesem Morgen. Rosa war zu müde gewesen, die Vorhänge zuzuziehen. Ihr frühes Erwachen hatte den Vorteil, dass sie sich Zeit lassen konnte, zur Arbeit zu fahren. Eine Runde im Pool drehen, auf der Terrasse frühstücken, lesen ... Wie herrlich war ein Sommermorgen mit Vogelgezwitscher, Oleanderduft und Sonnenstrahlen, die ihren Weg durch die sanft wogenden Palmblätter suchten. Rosa streifte ihr Nachthemd ab und ließ sich ins glitzernde Wasser gleiten.

Plätschern war das einzige Geräusch, das es zu vernehmen gab. Konzentriert begann sie, ihre Runden zu drehen. Wieder an Land warf sie ein Badetuch über und schaltete das Radio an. ›Spiderman is having me for dinner tonight ...‹ Rosa kannte das Lied, aber warum hieß es ›Lullaby‹? Da genoss sie lieber die Stille. Sie trocknete sich ab und kletterte in die Hängematte. Lange hatte sie nichts mehr von ihren Eltern gehört. Was sie wohl machten? Rüstig und aktiv waren sie immer gewesen, graue Panther. Ob sie sich melden würden, wenn sie einmal Hilfe bräuchten? Sie beschloss, sie anzurufen.

»Hallo, Mama!«, wie schön, dass sie zum Kind werden konnte. Auf alle ihre Freundinnen traf das nicht zu. Rosa hatte noch eine Mutter. Mit einem Mal wurde ihr das bewusst, und sie begann zu weinen.

»Ach, Rosalie. Schön, dass du dich meldest!« Die Stimme klang erfreut. »Wie geht es dir da unten in Spanien?«

Rosa schniefte. Sie wusste gar nicht, wo sie beginnen sollte zu erzählen.

»Mein Gott, stimmt was nicht? Kind, sag schon.«

»Nein, alles okay. Es ist nur«, sie schnäuzte sich, »du und Papa, ihr fehlt mir plötzlich so.«

»Ach, ich dachte schon, es ist etwas Ernstes. Stell

dir vor, Rosi, vor ein paar Tagen hab ich geträumt, ich werde noch mal Oma!«

Rosa schluckte. So war sie, ihre Mutter, als hätte sie einen sechsten Sinn. Schon in der Schulzeit hatte sie gespürt, wenn ihre Tochter sich verliebt oder unglücklich entliebt hatte. Waren alle Mütter so? Rosa hasste das, damals.

»Und, wie war's? Ich meine, im Traum?«

»Ich weiß das ja. Immerhin hab ich schon zwei Enkelkinder. Aber dass Clara sich ein drittes antut, *das* bezweifle ich!«

Rosa schluckte erneut. An sie dachte sie dabei wohl nicht. Sie hatte sie schon abgeschrieben als Erbgutweitergeberin.

Sie spürte einen Stich in der Brust. Haarscharf daneben war auch daran vorbei!

»Was macht ihr, du und Papa?« Rosa gab dem Gespräch eine neue Richtung.

»Och, seit wir in Pension sind, haben wir keine freie Minute mehr. Einladungen da, Seniorentreffen dort, dazwischen kümmere ich mich um die alten Nachbarinnen, und dein Vater geht zum Kartenspielen. Und alle sechs Wochen machen wir Urlaub, das weißt du doch. Ich muss dann mal raus aus dem Alltag!« Sie seufzte. »Und du, wovon lebst du eigentlich?«

»Ich arbeite. Gar nicht wenig …«

»Ja, hättest du dafür weggehen müssen?«, fiel

ihr die Mutter ins Wort, »das hättest du doch auch hier tun können.«

»Mama, denk nach! Du musst raus, weil dir nach sechs Wochen das Blumengießen auf die Nerven geht, und ich soll mein Leben lang mit traurigen Menschen arbeiten?«

Stille.

»So hab ich das noch nicht betrachtet«, meldete sich die Mutter zurück. »Hauptsache ist, dir geht es jetzt gut. Es geht dir doch gut?«

»Ja.«

»Marti muss halt drunter leiden, unter deinen Eskapaden!« Touché. Rosa nahm sich das Recht, darauf nicht einzugehen:

»Ich muss jetzt los. Mach's gut, und viele Grüße an Papa!«

»Pass auf dich auf und melde dich wieder!« Schon war der geistige Muttertagsausflug beendet. Warum hatte jede Frau diese besondere Beziehung zu ihrer Mutter? Rosa hatte sich umgehört in ihrem Freundinnenkreis. Das Ergebnis war eindeutig: Alle liebten sie, aber keine wollte so sein wie sie.

37

»¡Hola chica!«, Carlos war am Telefon, »ich hab schon ein paar Tage nichts von dir gehört, hast du viel zu tun?«

»Jaja und wie!«, die Überstunden bei Frau Bodo kamen Rosa gerade recht. Die Karte, sie musste noch die Karte besorgen! Er sollte sie zugestellt bekommen, während sie am Festland war. Rosa nahm sich ein Herz: »Wo wohnst du eigentlich?« Ohne Zustelladresse würde es schwierig werden.

»Rosa, das weißt du doch. Wir sind daran vorbeigefahren, am Weg ins Sluiz. Weißt du nicht mehr?«

»Doch, aber wie lautet die Anschrift?«

»Du willst mir eine Ansichtskarte schicken, vom Festland? Das brauchst du nicht!« Er lachte.

»Vielleicht möchte ich aber gern?«

»Rosita, mach dich nicht lächerlich. Ich steh nicht auf solchen ... wie heißt das ... Scheiß!«

Das war eindeutig. Und nun? Rosa bemerkte, wie sehr sie sich an diese Möglichkeit geklammert hatte, Carlos die Nachricht zu überbringen. Sie scheute sich davor, es ihm ins Gesicht zu sagen. Nun blieb ihr keine andere Wahl.

»Wir müssen uns treffen.«

»Ja, das müssen wir.« Carlos lachte erneut, »damit ich dir deine romantischen Ideen austreibe. Um acht im Sansara?«

»Ich werde da sein«, antwortete Rosa und nahm dabei all ihren Mut zusammen.

Sie hatte auch diese Variante durchgedacht und wollte dafür diesen Satz verwenden. Er strahlte etwas Gewichtiges aus, fand sie, und an Gewicht würde sie einiges zulegen in den nächsten Monaten.

Für den Rest des Tages fiel es Rosa schwer, sich zu konzentrieren. Wie würde Carlos auf die Nachricht, Vater zu werden, reagieren? Sie kannten einander erst wenige Wochen. Das Einzige, das sie vorab besprochen hatten, war die Art ihrer Beziehung. Oder Nicht-Beziehung, wie manche es nannten.

Kommunizierten zwei Menschen, so hatten sie auch eine Beziehung zueinander. Ob Arbeits-, Freundschafts- oder eben Sex-Beziehung, galt es zu definieren. Das war das Feintuning. Carlos und Rosa hatten ihre gemeinsame Beziehung als Nicht-Liebesbeziehung abgemacht. Dass sie sich dabei vermehren würden, konnte keiner voraussehen. Gegen Wunder gab es keine Versicherung. Rosa wollte dieses Kind in ihrem Bauch. Nicht in dem

Sinn, dass sie es auf eine Schwangerschaft angelegt hätte, eher so, dass sie das Päckchen, das in ihren Schoß gefallen war, auch behalten wollte.

Als hätte ihr das Wie-immer-man-es-nennen-wollte eine Entscheidung abgenommen. Nie hätte sie sich durchringen können, zu sagen: Ja, ich will. War sie deshalb nicht verheiratet? ›Ja, ich will‹ waren Worte, die in Rosas Sprachschatz nicht vorkommen wollten.

Morgen also würde sie Carlos treffen. Im Sansara. Es war das Lokal, in dem sie mit Marti gesessen hatte, an dem Tag, an dem alles begann. Wo sie zum ersten Mal bemerkt hatte, dass irgendetwas nicht stimmte. Dass sie aus ihren Aufgaben rausgewachsen war und in geistigen Hochwasserhosen herumlief, und dass sie weinen musste, wenn sie ein Baby sah.

Sie spürte leichte Gänsehaut aufsteigen. Wenn das kein Zeichen war! Sie wurde nervös. Zum ersten Mal fühlte sie sich unwohl, wenn sie an ein Treffen mit Carlos dachte. Würde sie ihm verklickern können, dass sie anfangs genauso überrascht war wie er, diese Überraschung bei ihr aber bereits in eine freudige Erwartung übergegangen war? Was, wenn Carlos das Kind ablehnte? Oder sie, Rosa, von nun an hassen würde? Carlos hatte Mühe, sich selbst durchzubringen. Vielleicht wollte er einfach keine

Verantwortung übernehmen. Ähnlich wie Marti! Jetzt sah sie die Verbindung. Irgendwas hatten die Männer im Leben einer Frau ja immer gemein.

Rosa wollte auf die Zufahrtstraße zu ihrem Haus abbiegen, als ihr Fuß wie ferngesteuert aufs Gaspedal trat.

Auf dem Hügel hinter San Vicente angekommen, hielt sie an. Heute würde sie sich ins Innere der Höhle wagen. Sie eilte die unzähligen Stufen hinab, in wenigen Minuten würde die Sonne untergehen, und außer einem Feuerzeug hatte sie keine Lichtquelle bei sich. Vorsichtig tastete sie sich ins Innere des Opferraumes vor. Im Schein der mageren Flamme erspähte sie eine Büste mit gewelltem Haar und freundlichen Augen. Göttin Tanit – Gänsehaut! Eine Welle der Verbundenheit stieg in ihr auf, sie fühlte sich eins mit der Kraft der Frauen vor ihr, mit allen, die ihre Fruchtbarkeit gelebt hatten, sie war eine von ihnen, endlich!

Wenig später saß sie im Auto, die Sicherheit ihr Kind groß zu kriegen neben ihr. Beflügelt fuhr sie heim, und legte sich schlafen.

38

»Rosa, Sie haben soeben das falsche Auto ausgegeben. Die beiden wollten keinen Van!« Frau Bodo winkte mit einem Schlüssel in der Hand zur Tür herein.

Mist, ihre Arbeit wollte sie immer ordentlich erledigen. Und nun das: Zuspätkommen, Kranksein, Fehlermachen. Gerade jetzt konnte sie sich solche Schnitzer* nicht leisten.

»Entschuldigung!« Rosa stiegen die Tränen in die Augen. Auch das noch. Sie konnte doch hier nicht zu weinen beginnen. Nein, sie durfte hier nicht zu weinen beginnen. Nicht sie und nicht hier. Da konnte sie gleich ein Schild vor sich hertragen: ›Vorsicht, schwanger! Ansprechen auf eigene Gefahr.‹

»Ist doch nichts passiert. Bitte beruhigen Sie sich wieder.« Frau Bodo legte ihr die Hand auf die Schulter. Als hätte Rosas Zustand ihre Urinstinkte wachgerufen, rein unbewusst natürlich.

»Möchten Sie eine Pause machen? Schauen Sie im Café vorbei, und am Rückweg bringen Sie mir einen Becher Cappuccino mit!«

---

* Österreichisch für Unsinn, Pfusch

Rosa nahm den Vorschlag dankbar an und verdrückte sich. Das konnte ja noch was werden. Laut Neles Berechnung war sie erst im zweiten Monat und erkannte sich schon jetzt nicht mehr wieder.

Sie nahm den langen Weg zum Café ›Que Tal‹ und kam an einem Kindermodengeschäft vorbei. Der schmucke Laden war ihr zuvor noch nicht aufgefallen. Sie riskierte einen Blick ins Schaufenster. Meine Göttin, was es hier gab! Brauchte sie das etwa auch alles? Los, geh rein, rief ihre innere Stimme. Eine, die sie bisher nie vernommen hatte. Rosa öffnete die Tür und fand sich wieder zwischen Schühchen und Mützchen, Söckchen und Hemdchen. Da waren sie wieder, die Tränen. Egal, hier kannte sie sowieso keiner.

»¡Buenos dias, Señora!« Rosa drehte sich um. Nein, oder? Die Stimme kam ihr bekannt vor.

»Was machst du hier, Rosa? – Nein, sag lieber nichts.« Carlos hob die Hände vors Gesicht, als er sie so aufgelöst dastehen sah.

»Wir bekommen ein Kind.« So, jetzt war es wenigstens raus. Nun konnte sie in Ruhe weiterheulen. Mit oder ohne Weinbegleitung!

39

»Mehr hat er nicht gesagt?« Frauke konnte es nicht fassen.

»Nein! Er hat sich umgedreht und ist wieder zurück ins Lager.« Die Freundin schüttelte ungläubig den Kopf.

Aber es war wahr, er war einfach gegangen. Wie Marti damals! Es schien, als wären die schweigsamen männlichen Gustostückerln allesamt für sie reserviert.

»Das war der Schock, Schätzchen! So kenn ich ihn gar nicht. Überleg' mal, wie du geschockt warst, und du hattest bereits eine Vermutung.« Sie drückte Rosa fest an sich.

»Sei vorsichtig!«

Genau genommen wussten sie beide nicht, was das bedeuten sollte, vorsichtig zu sein. Es tat ihnen aber beiden gut. Rosa atmete tief aus, und spürte wie die Spannung in ihrem Körper nachließ. Sie griff nach der Hand der Freundin.

»Du auch!«, antwortete sie dann und drückte Frauke einen Schmatz auf die Wange. Zu zweit war vieles leichter.

Der Flughafen von Barcelona, also. Von Weitem sah sie Marias rotes Haar leuchten. Sie schlich sich an die Freundin heran und hielt ihr die Augen zu. So hatten sie es als Kinder gemacht.

»Lass dich anschauen!« Maria drehte sich um, und Rosa trat einen Schritt zurück. »Neuer Haarschnitt! Steht dir gut!« Sie fielen sich in die Arme. Frauen ließen sich gern die Haare anders machen, wenn sich eine Veränderung abzeichnete. Maria hatte ihre kurzen Karottenfransen immer wild verstrubbelt getragen, und heute trug sie einen Bob.

»Du siehst viel weiblicher aus, Mariechen!« Rosa war ehrlich erstaunt.

»Danke, du kommst aber auch nicht übel daher. Ein bisschen g'spitzt* vielleicht! Wie geht es dir?«

»Ach, ich habe mir einen Darmvirus eingefangen«, log Rosa.

Wieso konnte sie ihrer besten Freundin denn nicht die Wahrheit sagen? Nicht hier, zwischen all den Leuten. Der geeignete Zeitpunkt würde schon kommen, da war Rosa ganz sicher. Wie recht sie hatte!

Sie strahlten einander an.

»Prima, dich zu sehen!« Rosa hatte den Eindruck, jetzt, nachdem sie mit einer Österreicherin gesprochen hatte, dass sie sich einen leicht ger-

---

* österreichisch für schmal im Gesicht

manischen Unterton zugelegt hatte. Klar, Frauke und Carlos sprachen kein Wienerisch! Und sich anpassen konnte Rosa, da wurde munter drauflos gespiegelt.

»Das letzte Mal hattest *du* eine andere Frisur – lass mich überlegen – als du mit dem Studium fertig geworden bist. Da war wohl ein Abschnitt zu Ende!« Sie blickte die Freundin herausfordernd an, diese las völlig unbeeindruckt in der Speisekarte.

»Ich muss etwas essen, sonst sterb' ich. Du auch?« Sie steuerte den nächsten Schnellimbiss an.

»Nein, danke. Ich hab im Flieger ein Sandwich gegessen.«

»Hab ich auch«› maulte Rosa und setzte sich. Sie bestellte eine Pizza mit extra viel Käse und dazu einen Milkshake. Blutwurst gab es leider nicht.

»Irgendetwas ist anders mit dir, das spür' ich«, begann Maria das Gespräch, nachdem ihr Gegenüber genüsslich den Imbiss verdrückt hatte. Reisende zogen mit Koffern an der Hand vorbei, Maria nippte an ihrem Wasser.

»Ich habe mich verändert, das war ja auch der Plan«, entgegnete Rosa gelassen.

»Bist du glücklich?« Maria fragte geradeheraus.

»Ja«, antwortete Rosa. »Ich bin in der Mitte des Wirbelsturms. Da ist es ruhig.«

»Wann kommst du wieder zurück?« Die Frage stimmte Rosa nachdenklich, das Haus gehörte ihr schließlich nicht allein.

»Keine Ahnung.«

Die Sonne schien durch die Fensterscheiben. Maria lehnte sich zurück und setzte die Sonnenbrille auf.

»Und jetzt?«

»Ich habe keinen Plan.« Rosa sprach betont langsam. Sie dachte kurz daran, ob sie die Frage, die sich in ihrem Kopf eingenistet hatte, auch aussprechen wollte.

»Hast du etwas von Marti gehört?« Jetzt war sie draußen – und machte sie nervös. Sie sah ihrem Gegenüber kritisch in die Augen. War da ein Zögern, Überlegen, Aussortieren sichtbar?

»Nein, eigentlich nicht.«

»Eigentlich?«

»Die Elli hat ihn einmal am Reiterhof gesehen.«

Rosas Augen weiteten sich: »Am Reiterhof? Marti hasst Pferde!« Vor ihrem geistigen Auge entstand folgendes Bild: Ein blondes Mädchen mit langen Zöpfen und engen Hosen schwingt die Gerte. Es ist die perfekte Mischung: Lolita auf Bullerbü! Daneben steht Marti mit einem Schmalzgrinsen bewaffnet, ein Mann, der jedem Floh aufs Pferd zu helfen versteht.

Rosas Blick verfinsterte sich. So billig hätte sie sich das nicht vorgestellt, aber, wer weiß – vielleicht war die Realität ja noch trauriger! Maria blickte gelangweilt über den Rand ihrer Sonnenbrille. »Was weiß ich. Ich sage ja, ich hab nix gehört.«

»Wie läuft's bei dir, rein amourös?«, Maria grinste Rosa unvermutet an, »du bist sicher nicht nach Ibiza gekommen, um früh schlafen zu gehen.«

»Ach, es ist nichts Ernstes.« Rosa kostete es aus, sich mit diesem Satz zu schmücken. Er war bisher in Marias Repertoire beheimatet gewesen. Und nun umgab er sie mit dem, was sie im Moment am meisten benötigte: der Attitüde einer sagenumwobenen männermordenden Amazone. Damit sollten die wach gewordenen Dämonen besänftigt werden. Hier war eine Frau, die wusste, was sie wollte. Eine Frau, die müde lächelte zu Ponyreiten. Rosa sagte nichts mehr und holte eine Zigarette aus der Tasche. Mit einem gezielten Schlag konnte Maria ihr diese gerade noch rechtzeitig aus dem Mund befördern.

»Bist du verrückt? Die buchten uns ein!«

»Rauchen am Flughafen ist noch schlimmer als Lipgloss im Handgepäck – fast schon terroristisch!«

40

Sie fuhren mit dem Taxi in die Stadt und stiegen in einen Cabrio-Touristenbus. Von der oberen Etage konnten sie wunderbar die ganze Stadt überblicken. Und während sie es genossen, endlich wieder zusammen zu sein, wechselte hinter ihnen die Kulisse. Sagrada Familia, Ramblas, Barcelonetta, es herrschte reges Treiben, die beiden Freundinnen blieben davon unbeeindruckt.

»Hast du schon die Mandeln probiert?« Maria hatte ein Säckchen Studentenfutter aus der Tasche geholt und Rosa langte zu. »Dass es dabei solche Qualitätsunterschiede gibt, hätte ich nicht gedacht.«

»Das ist wie beim Wein. Sorgsame Behandlung schafft mitunter eine kleine Sensation«, ergänzte Rosa.

»Wie in Beziehungen«, kam es aus Marias Richtung. Rosa musste husten. War ihr das Nüsschen oder doch eher Marias Aussage im Hals stecken geblieben?

»Das sind ja ganz neue Töne. Sprich dich aus«, hüstelte sie, und Maria begann, sich zurückzulehnen.

»Soo viel gibt's da nicht zu sagen, es ist nur anders, als ich es bisher hatte.«

»Dann kann es nur gut sein, oder?« Rosa legte den Arm um die Schultern der Freundin und zog sie zu sich heran.

Wieder lachten beide. War gerade die Neuropsychologie am Werk – oder mochten sie sich einfach? Es war ohne Bedeutung. Genauso egal war es, nach wie langer Zeit sie sich wiedersahen. Sie machten dort weiter, wo sie aufgehört hatten. Das war schön, sehr schön sogar. Es fühlte sich an wie … Heimat.

»Die Grenze zwischen dem Blau des Himmels und dem Weiß der Wolkendecke, krümmt sich die irgendwo?« Maria holte Rosa aus ihren Gedanken zurück.

»Sicher!«

»Aber kannst du es sehen?«

»Nein.«

»Und doch krümmt sie sich, unmerklich«, fügte Maria fasziniert hinzu.

»Scheint so. Worauf willst du hinaus?« Rosa kannte den Ton in Marias Stimme, wenn es bedeutungsvoll wurde. Sie selbst wurde unruhig, da ihr bewusst wurde, dass sie der Freundin die wichtigste Neuigkeit bisher verschwiegen hatte.

»Das heißt, es gibt Veränderungen, die sieht man nicht, und doch sind sie da!«

Bevor Rosa in Tränen ausbrach, hatte Maria noch gemeint: »Wie süß die Kinder brabbeln, hörst du's?«

41

»Ich freu mich, wenn du dich freust!«, Maria betrachtete Rosas Outing von der pragmatischen Seite, »aber ist dir klar, was du dir damit antust, in deinem Alter? Die ganzen Untersuchungen … Die Statistik meint es nicht gut mit den Müttern über 40.«

Rosa schaute indigniert zur anderen Seite. Diesen Teil der Geschichte hatte sie bisher tunlichst ignoriert. Am liebsten hätte sie sich die Ohren zugehalten und laut ›Lalala‹ gesungen. Allein der Ort schien unpassend. Wen interessierte denn die Statistik, die Vorlesungen dazu hatte Rosa bereits während des Studiums nicht gemocht.

»Lass uns nicht mehr drüber reden!«, schlug sie vor. Die Frauenärztin hatte auch so etwas angedeutet, von Fruchtwasser und Nackenfalte war die Rede gewesen. Bisher hatte Rosa bei Ärzten immer Glück gehabt. Mit Ausnahme einer Blinddarmoperation hatte sie keine stationären Dienste in Anspruch nehmen müssen. Und, wie hatte Nele so schön gesagt: ›Es ist ein Wunder!‹ Als ob es an Wundern etwas nachzuschrauben gäbe.

»Hast du dir überlegt, wie du das geregelt kriegst?

Du wirst noch mehr arbeiten müssen, um die Kinderbetreuung bezahlen zu können. Glaub mir, noch einmal würde ich kein Kind allein großziehen. Es dankt dir keiner!« Richtig betrübt sah sie aus, fand Rosa.

»Dein Sohn kommt auch irgendwann aus der Pubertät raus, der ist halt ein Spätentwickler!«, versuchte Rosa sie zu trösten.

»Der Michi ist schon okay. Überleg mal, du bist über 60, wenn dein Kind den Führerschein macht. Bis du wieder ein eigenes Leben führen kannst, bist du uralt!«

In diesem Moment wurde Rosa klar, warum sie es hinausgezögert hatte, sich Maria anzuvertrauen. Maria war der Realitycheck!

Es schien, als wäre Rosa gelandet. Äußerlich am Festland und innerlich in der Realität.

»Wenn Marti wüsste, dass ich hier bin, müsste ich ihm ein Fußballdress mitnehmen. Das wäre der Gipfel!«, war Rosa eingefallen, als sie an einem großen Stadion vorbeikamen.

Maria nahm sich ein Herz: »Warum bist du so ärgerlich? Was hat der Finne dir getan?«

»Das willst du nicht wissen, glaub mir.« Rosa schüttelte den Kopf.

»Doch, sonst würde ich nicht fragen.«

Sie erzählte in Kurzform von ihrem nächtlichen

Anruf bei Marti, wo sie ihn nicht allein im Bett erwischt hatte. Sie endete mit einem Kopfschütteln. »Er geht auch noch ran!«

»Und du? Verständnisvoll wie immer? Hast du ihn wenigstens angeschrien?«

Rosa blickte auf.

»Oder ihm ein Sackerl mit Gackerl* vor die Tür stellen lassen?«

Rosa schüttelte den Kopf.

»Ach, ich vergaß!«, fuhr Maria theatralisch fort. »Dafür bist du dir zu gut. Da stehst du drüber, stimmt's?« Ihre Augen funkelten. »Nur, wohin dann mit deiner ...«

»Scheiß Wut«, ergänzte Rosa. Dann herrschte Stille.

»Habt ihr nicht darüber gesprochen, ich meine, vorher?«

»Nein. Wir haben für die Zeit, in der wir getrennt wären, nichts ausgemacht.« Rosa gab es nur ungern zu, aber so war es nun einmal.

»Tja, dann brauchst du nicht auf moralisch tun, selbst geschwängert von einer Affäre!«

Maria zog die Stirn in Falten. »Meiner Meinung nach habt ihr gut zusammengepasst, der Marti und du. Er ist ein lustiger Kerl, offen, herzlich, und wenn du ihn wirklich gebraucht hast, war er immer da!«

---

* Hundesauberkeits-Aktion in Österreich: Sackerl fürs Gackerl

Tränen stiegen nun in Rosas Augen. Dieser Smog aber auch!

»Hab ich mich verändert?«, fragte Maria, während sie verstohlen einen Blick auf ihr Handydisplay warf.

»Ja, besonders im letzten Jahr«, antwortete Rosa ruhig.

»Und ich?«, fragte Rosa zurück.

»Das kann man wohl sagen. Es hat eine Zeit gegeben, da warst du beinah schlank. Malst du eigentlich noch?«

»Mein letztes Werk müsstest du sehen!«, verkündete Rosa stolz, » Vollmond über Es Culleram.«

»Ah, die Kultstätte, ich verstehe ... «, Maria räusperte sich, »die Phönizier sollen dort ihre Erstgeborenen in einer Feuerzeremonie geopfert haben.«

»Alles römische Propaganda!«, wiegelte Rosa ab. Ihre Stimme zitterte.

42

Am nächsten Tag war Rosa wieder zu Hause. Sie steckte den Schlüssel mit dem Blümchenanhänger ins Schloss. Und diesmal war es so, dass es sich auch wie zu Hause anfühlte.

Den darauffolgenden Tag hatte sie freigenommen und würde ihren Termin bei Frau Dr. Nele wahrnehmen. Vielleicht konnte sie dann auch ein Ultraschallfoto sehen. Das letzte Mal war es sich zeitlich nicht ausgegangen. Was hatte sie für berührende Geschichten gehört, von diesem direkten Draht zur Backstube!

Am Morgen stand sie auf und ging in den Garten. Ihr Schlaf war tief und traumlos gewesen. Wie es dem Blümchen wohl ging? Es sah zwar nicht strahlend, aber immerhin lebendig aus. Das Anwachsen hatte einiges an Energie verbraucht, die nun zum Blühen fehlte.

Sie ging ins Haus und machte sich fertig. Frauke hatte ihr für heute abgesagt, also würde sie allein zur Ärztin fahren.

»Na, wie geht's? Ist die Übelkeit vorbei?« Routiniert begrüßte Nele ihre Patientin, die ihr wortkarg gegenübersaß. Das Zusammentreffen mit Maria war nicht spurlos an ihr vorbeigegangen, die Realitätskontrolle zeigte Wirkung. Natürlich hatte sie daran gedacht, dass sie ein freiheitsliebender Mensch war, es liebte, ihre Zeit selbst einzuteilen und auf Spontaneität nicht zu verzichten. Ihr Leben fing doch gerade erst an, spannend zu werden.

»Na, dann wollen wir mal! Heute schallen wir auch.«

Rosa war auf den Untersuchungsstuhl geklettert.

»Das wird jetzt ein wenig kühl, Achtung!« Nele setzte den Ultraschallstab an und drehte damit auf Rosas Bauch Pirouetten. Immer wieder. Es folgten Blutabnahme und Harnprobe. Neles Gesichtsausdruck wurde immer interessierter, zumindest kam es Rosa so vor. Vielleicht waren es mehrere, nicht nur eins? Rosa schluckte.

»Gut, jetzt haben wir alle Ergebnisse beisammen. Es besteht kein Zweifel, du bist nicht schwanger. Entweder konnte sich der Embryo nicht entwickeln, oder du warst es nie. Manchmal kommt das leider vor.«

Rosa stand auf, ging in die Kabine, um sich anzuziehen, und reichte Nele die Hand. »Danke.« Sie wollte keine weiteren Erklärungen hören. Jetzt war der Spuk also vorbei. Auf der Straße angekommen, ging sie zum nächsten Zigarettenautomaten und zog ein Päckchen. Sie setzte sich in das Café am Wasser, wo sie mit Frauke gewesen war. Umständlich begann sie mit den Streichhölzern Feuer zu machen. Warum wurde sie so geneppt*? Und von wem? Dabei hatte es ausgesehen, als würde sich ein ganz großer Traum erfüllen. Und dann – nichts! Aus! Nada! Eine Weile saß sie da, rauchend, und blickte übers Wasser, als könnte sie in den angespülten Wellen die Antwort auf ihre Fragen finden. Sie musste an die Eibel denken und was sie dazu sagen würde: Klassische Ambivalenz. Sie wollen Widerstrebendes zugleich, deshalb greift Ihr Unbewusstes ein, Frau Kollegin! Nein, nicht das auch noch! Aber es wurde noch schlimmer. Diagnose Scheinschwangerschaft, haben Sie die etwa nicht drauf? Oh Gott, die Eibel! Sie verfolgte sie in ihren Gedanken bis auf die Insel. Dabei wäre es so schön, einfach über Dr. Neles Fehldiagnose schimpfen zu können!

Sie winkte die Servierkraft zu sich. Zeit für ein Glas Tinto Can Rich, den roten Insel-Wein für alle Tage. Das Leben ging weiter.

Sie trank aus und rauchte noch eine Zigarette. Dann ging sie zum Auto und fuhr heim. Alles ein wenig zeitverzögert, beinah wie im Traum. Vielleicht

* zum Narren gehalten

ist Frauke von ihrem Ausflug nach Illetes bereits zurück, dachte sie noch.

Bingo, von Weitem sah sie diese winken. »Ich habe mit Carlos gesprochen!«, platzte Frauke heraus.

»Fein, danke für deine Diskretion. Vielleicht solltest du mal mit Nele sprechen!«, antwortete Rosa im Vorbeigehen. Sie hasste es, wenn sich jemand in ihre Angelegenheiten einmischte. Auch – und besonders, wenn es gut gemeint war. Das Gegenteil von gut war bekanntlich gut gemeint. Rosa ging ins Haus und legte sich, so wie sie war, aufs Bett. Sie wollte nur schlafen.

Frauke blieb verdattert zurück. So waren Schwangere nun mal, dachte sie, unberechenbar, launisch und leicht beleidigt. Rosa war da offenbar keine Ausnahme.

Das Telefon läutete erneut. Rosa hörte es nicht mehr. Der Piepton für eingegangene Nachrichten ertönte. Sie drehte sich auf die andere Seite und schlief weiter. Manchmal musste selbst sie Prioritäten setzen. Wie die kleine Pflanze im Garten. Als sie am späten Nachmittag erwachte, fühlte sich der Polster seltsam klamm an. Super Frisur. Sie streckte sich ganz langsam und genoss die Ruhe, die sie von außen und innen gleichermaßen spürte. Es schmerzte ein wenig, aber sie war wieder gelandet. Sie streckte den Arm aus, um Musik anzumachen. Es war die Coldplay-CD, die sie in den letzten Wochen rauf und runter gehört hatte.

›And the truth is, I miss you, and the truth is that I miss you so … the warning sign … Come on in, I got to tell you the state I'm in … when the truth is, I miss you … and I'm tired, I should have never let you go … so I crawl back into your opened arms.‹

43

Ans Kochen dachte sie immer erst, wenn sie bereits hungrig war. Wieder einmal war Schnelligkeit gefragt. Sie wusch den Salat und verteilte eine Dose Thunfisch darauf. Als Letztes kam Fertigdressing darüber. Voilà! Das sollte für heute reichen. Ihre Hosen spannten schon gefährlich. Mit der Salatschüssel auf dem Arm betrat sie die Terrasse. Während sie kaute beobachtete sie vorbeiziehende Schmetterlinge. Eigentlich, so stand es in allen Psycho-Ratgebern, sollte man sich bei Tisch auf nichts als das Essen konzentrieren. Das wäre in ihrem Falle jedoch schade gewesen. Nach ihrer Mahlzeit, die vielleicht ein It-Girl satt gemacht hätte, aber keine ausgewachsene Frau, ging sie zurück an ihren Laptop. Heute würde sie endlich die alten Mails anschauen.

Werbung von A wie Aufblasbaren Partysesseln bis V wie Viagra. Da, eine Nachricht von ›a0n191524120400‹. Marti hatte neben seiner Firmen- auch eine Privatadresse. Weil er diese aber fast nie verwendete, stand als Absender die Nummer. Rosa registrierte, dass sie schneller atmete, als sie auf ›öffnen‹ drückte. Sie las: ›Hallo Schatz, nun hast du dich schon eine ganze Woche nicht gemeldet, und ich weiß nicht mehr, was ich tun soll. Gehe ich dir so sehr auf die Nerven?

Sag mir, wie es mit uns weitergehen soll. Ich umarme dich (trotzdem), Marti‹

›OMG‹, würde Alfi in so einem Moment rufen: ›Oh my god!‹

Sie sah auf das Datum. Die Nachricht war am 11. März abgeschickt worden, und heute war der 20. Oktober. Sie versuchte, ihre Gehirnzellen auf Trab zu bringen. Wann hatte sie ihn angerufen? Um nachzudenken, brauchte sie unbedingt ein paar Oliven! Es war nach der Party gewesen, nachdem sie tagelang ausgemalt, eingerichtet und sich vergraben hatte. Hatte sie dabei nicht einmal an Marti gedacht? Daran, wie er sich gefühlt hat? Hatte sie in ihrer ›Alle-gehen-in-Deckung-jetzt-lebe-ich-endlich-mein-Leben-Haltung‹ übers Ziel geschossen? Oder hatte Marti es verdient, schlecht behandelt zu werden? Unbequeme Fragen waren das, aber heute war wahrscheinlich Internationaler Unangenehmer-Fragen-Tag, kurz IUFT! Da war auch wieder dieses ungute Gefühl vom Flughafen, als sie sich von Marti verabschieden musste. Jedes Mal, wenn sie Angst hatte, jemand wolle sie einschränken, ging sie sicherheitshalber zum Angriff über. Das war immer so gewesen. Na, bravo! Dabei hatte sie doch Angst gehabt, ihn zu verlieren. Ihn oder sich? Was machte das für einen Unterschied, rein schmerztechnisch?

Und jetzt?

Rosa zündete sich eine Zigarette an. War sie etwa deshalb halb schwanger gewesen? Nach dem Motto: Von dir lass ich mich nicht einschränken. Wenn ich schwanger werden will, werd ich's auch – notfalls von jemand anderem – oder nur beinah? Hoffentlich geht dieser Tag bald vorbei, dachte sie und musste schmunzeln. Dass Lachen gut tat, war hinlänglich bekannt, aber Lachen über sich selbst war die optimale Medizin für alle Lebenslagen!

44

In Rosas Inselhaushalt gab es keine Tiere. Deshalb gab auch kein Hofhund Laut, wenn jemand das Grundstück betrat, sondern der Kiesweg. Er knirschte. Kurz darauf hörte Rosa ein Klopfen.

»Un momento, por favor*!« Sie musste erst in den Spiegel schauen, um zu sehen, ob sie sich im jetzigen Stadium der Öffentlichkeit zumuten konnte. Es klopfte erneut.

»Ja-ha!« Sie riss die Tür auf. Vor ihr stand Carlos mit einem Blumenstrauß in der einen und einer Einkaufstasche in der anderen Hand. Er lächelte etwas unsicher.

»Darf ich reinkommen?«

Rosa trat aus der Tür, und Carlos schlich mit gesenktem Kopf hindurch. Seine Körpersprache war die eines geprügelten Hundes. Rosa seufzte.

»Hat Frauke dir den Kopf gewaschen?«

Carlos fuhr sich durchs Haar.

»Nein, das mach ich selbst. Gefällt's dir?« Er hatte keinen Schimmer, was sie ihm damit sagen wollte.

---

* spanisch: Einen Augenblick, bitte!

»Hat sie dich betoniert? Das verstehst du auch nicht, gestutzt, zusammengeputzt*?«

Sie schaute ihn fragend an. Er blickte irritiert zurück. Nach einer Weile antwortete er: »Ja, ja, das meinst du. Sie hat mit mir … geredet. Und ich hab es verstanden. Rosa, es tut mir leid, dass ich so …«

»Mir auch. Aber ich sag dir was, es ist vorbei!«

Carlos erschrak. »Du hast es doch nicht …? Jetzt, wo ich mich an den Gedanken gewöhnt habe und ein Geschenk …?« Er ließ die Tasche fallen.

»Nein.« Rosa nahm ihn in den Arm. »Nein, es ist alles in Ordnung. Wahrscheinlich war ich gar nicht schwanger!«

Er wand sich aus der Umarmung und sah Rosa von der Seite her an.

»Fehldiagnose«, ergänzte Rosa seelenruhig.

»Ich hab gleich gesagt, es kommt von der Wurst!« Mit dem Brustton der Überzeugung brachte Frau Bodo dies ein. Sie hatte soeben von den zwei Wundern gehört, die sich auf der Insel zugetragen hatten.

»Mensch, Kinder, ihr macht Sachen. Mein altes Herz!« Frauke war gerührt und enttäuscht zugleich. In ihren Träumen hatte sie einem dreijährigen Halbspanier bereits Dreadlocks gefilzt.

---

* Österreichisch: dreierlei Bezeichnungen, mit jemandem zu schimpfen

Und das alles zu meinem Geburtstag!, dachte Rosa. Woher sie den wussten? Es konnte nur Frau Bodo gewesen sein, klar, sie kannte ihre Eckdaten.

»Schön, dass ihr gekommen seid, um mit mir zu feiern! Ich habe einen besonderen Tropfen für euch. Meine Freundin Maria hat ihn mir geschickt. Er heißt Rêve de Jeunesse*.« Behutsam goss sie den Wein aus dem Dekanter in die Gläser.

»Prost! Zum Wohl! Viva la vida!«

»Alles Gute!« Nach dem Wein ging die Küsserei los.

»Wo ist eigentlich Joy? Ich hab sie schon lange nicht mehr gesehen«, fiel Rosa dabei ein.

Frauke antwortete mit einem Achselzucken: »Ist wohl nichts Ernstes gewesen.«

Wenn Musik lief, konnte man das Knirschen des Kieswegs nicht hören, obwohl es natürlich da war. Es klopfte. Auch das konnte man dann nicht hören, wenn sich vier Menschen lautstark unterhielten.

»Marti! Was machst du hier?« Rosa wäre beinahe aus den Sandalen gekippt, als sie in die Küche kam, um Wasser zu holen. Der Wein war fein, aber definitiv kein Durstlöscher.

»Ist heute Internationaler Verzeih-mir-Tag,

* Traum der Jugend

IVMT?«, entfuhr es ihr. Marti schaute sie verdutzt an, als hätte sie Suaheli gesprochen.

»Wie bitte?«

»Ach, das ist eine lange Geschichte«, antwortete Rosa schnell, »willst du sie hören?«

»Deshalb bin ich hier«, dabei kam er zaghaft näher und hob eine Schachtel hoch, »alles Gute zum Geburtstag!«

»Danke, ich fass es nicht, dass du hier bist.« Nie hätte sie gedacht, dass sie sich so freuen würde, den alten Finnen wiederzusehen. Nach allem, was er ihr angetan hatte. Und nach allem, was sie dachte, dass er ihr angetan hätte, erst!

Sie zögerte. Ach was! »Lass dich umarmen. Weißt du, ich ... es tut mir leid, dass wir nicht ...« Rosa rang nach Worten.

»Wir reden später drüber. Ich höre, du hast Besuch.« Damit umschiffte Marti die aufgeladene Situation. Problemgespräche gehörten noch immer nicht zu seiner bevorzugten Freizeitbeschäftigung.

»Komm, ich stell dir meine Leute vor.« Rosa zog ihn an der Hand ins Wohnzimmer. Als er Carlos die Hand reichte, zuckte Martis rechtes Augenlid. Rosa konnte es sehen. Das tat es immer, wenn er sehr angespannt war. Mein Gott, er musste noch glauben, sie sei schwanger. In diesem Moment liebte sie ihn.

45

Die Vogelstimmen waren verstummt, die Schmetterlinge heimgeflogen, und die Geckos hatten an den Wänden Stellung bezogen. Die Nacht konnte kommen. Rosa schaltete die Beleuchtung ein, die sie so sehr mochte. Der Johannisbrotbaum erstrahlte in Grün, der Zitronenbaum in Gelb und die Dattelpalme in Orange. Was für eine Stimmung, was für eine Überraschung, was für ein Tag!

Sie hörte Carlos hinter sich.

»Ist das dein Mann?

»Mhh, er war mein Mann, zu Hause in Österreich.« Sie drehte sich um. »Woran merkst du das?«

»Die Art, wie ihr euch anschaut, verrät es«, antwortete Carlos nachdenklich, »mich hast du nie so angesehen.« Es war die Art, wie er es betonte, die Rosa aufhorchen ließ. Das konnte doch nicht wahr sein, war es nicht Carlos' Vorschlag gewesen, ihre Beziehung auf ›Alles außer Liebe‹ einzugrenzen? Für einen Moment wusste sie auch nicht weiter.

»Du bist mein guter Freund, so war das abgemacht.« Sie nahm Carlos an der Hand, doch er wich ihrem Blick aus.

»Soll ich das umtauschen?«, antwortete er knapp und stieß mit dem Bein gegen das Geschenkpaket.

Er war als Papa gekommen und ging als ... Rosa hatte keine Ahnung, als was, aber es fühlte sich nicht gut an, so viel stand fest.

»Bring mir eine Bougainvillea. Die setz ich gleich hier ein, sie wird mich immer an dich erinnern.« Sein Blick hellte sich kurz auf.

»Orange, rosa oder rot, was möchtest du?«

»Ich schließ mich den Ibizencos an und nehme magenta.«

Carlos, Frau Bodo und Frauke hatten sich an Martis Geschenk gewagt und zwei von den drei Weinflaschen geöffnet. Das ergab Konversation der Art: Welcher Pinot Noir schmeckt dir besser, der mit den drei Punkten oder der mit der Eidechse drauf?

Rosa wusste nicht, was sie mit Marti reden sollte, wenn nicht endlich das, was sie ihm sagen wollte.

»Ich geh dann. Für mich war's ein langer Tag.« Marti stand auf und verabschiedete sich höflich von den Gästen. Rosa begleitete ihn zur Tür.

»Wo schläfst du?«

»In Marianns Appartement.«

»Und wie lange bist du noch hier?«

»Morgen muss ich wieder zurück, ein Auftrag aus Reykjavik.«

»Island, schön. Können wir uns vorher noch sehen? In der Mittagspause?«

»Ach ja, du arbeitest. Das hat mir Maria erzählt vor ein paar Tagen. Ruf mich an.«

»Das mach ich. Bis morgen.«

»Wer war der höfliche junge Mann?«, fragte Frau Bodo. Carlos schüttelte den Kopf. »Der Herr Fluchtgrund.«

»Der was, bitteschön?«

»Der Grund, warum Rosa hierher – zu Ihnen, zu mir und zu Frauke geflüchtet ist,« er sah sie herausfordernd an, »stimmt's, Rosita?«

»Ich will ja nicht unhöflich sein, aber ich muss morgen früh raus, nicht wahr, Frau Bodo?«, entgegnete sie kühl. So einfach war es denn doch nicht mit den amourösen Abmachungen. War Carlos etwa eifersüchtig? Er war Spanier, er hatte cojones*, er ließ sich nicht kampflos aus seinem Territorium verscheuchen.

Wahrscheinlich war es nur dieses blöde Machtgehabe, dachte Rosa und gähnte auffällig.

»Wir gehen schon. Gute Nacht!« Frauke und Frau Bodo waren aufgestanden und trugen ihre leeren Gläser in die Küche.

»Lasst das bitte, das mach ich schon«, protestierte Rosa.

---

* Eier

»Darf ich dir beim Aufräumen helfen?«, fragte Carlos mit Unschuldsmiene.

»Danke, ich komm allein klar«, antwortete Rosa und holte ihren Schmutzteufel aus dem Schrank. Jetzt wurde noch eine Runde staubgesaugt.

46

»Dass du mich so herzlich empfängst, hätte ich nicht gedacht«, begann Marti und nippte an seinem Wasserglas. »Und wenn ich gewusst hätte, dass du meine Nachricht nicht abhörst, wäre ich erst gar nicht gekommen.« Er legte die Speisekarte aus der Hand. Schön war es, hier am Hafen von Santa Eulalia bei einem verspäteten Frühstück zu sitzen.

Marti wirkte erleichtert, dass Rosa sich mit ihm treffen wollte, um über ihre Beziehung zu sprechen. Die Kellnerin kam, sie bestellten, danach saßen sie eine Weile einfach nur da.

»Ich hab viel nachgedacht, und ich muss dir etwas sagen«, begann nun Rosa. Martis Blick wurde weich.

»Das mit Carlos, das war nichts Ernstes, und«, sie strahlte ihn an, »ich bin gar nicht schwanger!«

Marti schluckte, obwohl er in der Sonne saß wurde ihm plötzlich kühl. Seine Mimik zog nach und erstarrte.

»Aha …« Er lächelte gequält.

»Hast du das nicht gewusst? Du hast doch mit

Maria gesprochen.« Rosa wurde es heiß. Sie wedelte mit den Händen vor ihrem Gesicht umher. Einmal hatte sie auf Maria und die stille Post gesetzt, und dann passierte natürlich nichts!

Marti blickte über die Yachten, die vor ihnen im Wasser schaukelten, aufs offene Meer hinaus. Eine ganze Weile lang.

Dann begann er erneut: »Sie hat mich angerufen und erzählt, dass es dir nicht so gut geht, dass du sehr nachdenklich bist«, er fuhr sich durchs flachsblonde Haar, »da habe ich gedacht – vielleicht willst du mich sehen.«

»Und was war gestern, als du Carlos begrüßt hast? Da hat dein Auge gezuckt! Ich hab's genau gesehen«, entgegnete Rosa. Ihr war auf einmal zum Heulen. Diesmal waren es nicht die Hormone. Sie hätte ihre Affäre mit Carlos nicht verschweigen wollen, aber auf diese Weise …

»Ich war auch kein Engel«, Marti räusperte sich, »ich hatte was am Laufen mit einer Springreiterin, aber das ist vorbei.«

»Das hab ich gehört«, antwortete Rosa.

»Von wem?« Er sah von den Spiegeleiern auf, »niemand wusste davon, weil sie noch verhei…«

»Ah, sie ist verheiratet. Ich habe ihre Stimme gehört, als ich dich angerufen habe. Ich wollte eigentlich deine Stimme hören.«

Sie saßen eine Weile da, keiner von beiden blickte

auf, keiner sprach. Eine gefühlte Ewigkeit lang. Das Essen war inzwischen kalt geworden.

»Wenigstens sind wir uns nichts schuldig geblieben.«

Rosa versuchte ein Lächeln. Marti schluckte und versuchte es ebenfalls. Es gelang ihm nicht wirklich.

47

Rosa hasste Abschiede, und Marti wusste das. Er hatte beschlossen, sich so kurz wie möglich zu fassen. Der Wind hatte aufgefrischt an der Marina, und dunkle Wolken zogen auf. Alle Zeichen standen auf Sturm. Beinah wie damals, vor zwei Jahren, musste Rosa denken.

»Ruf mich an, wenn du Lust hast, okay?« Er zog sie in seine Arme. Vertraut und fremd zugleich fühlte es sich an. Auf jeden Fall spannend.

»Lina hat mich nach Österreich eingeladen. Sie hat ein Essen gewonnen und möchte, dass ich sie begleite.« Rosa wand sich vorsichtig aus der Umarmung. »Aber, na ja, so ein Kurzbesuch ist zu kostspielig für mich, leider!«

»Würdest du auch kommen wollen, um mit mir essen zu gehen?«

Rosa lachte. »Ich weiß nicht.« Der Wind zerrte an den Masten der Segelboote, was ein immer lauter werdendes Klappern erzeugte.

Er drückte sie abermals an sich. »Du bist die Einzige, die mich glücklich machen kann! Vannon, äittini kanssa*.«

Als Marti sich aus der Ferne umdrehte, um zu winken, sah er Rosa an den Augen wischen. Das war doch nicht möglich, dachte er. Weinte sie etwa?

* finnisch: Ich schwöre, beim Leben meiner Mutter.

48

Die restliche Woche verflog im Nu. Rosa fuhr zur Arbeit. Während der Pausen lag sie am Strand oder ging zum Markt. Am Morgen schwamm sie eine Runde im Pool und am Abend kochte sie frischen Fisch mit Gemüse. Manchmal kam Frauke vorbei, Carlos machte sich rar. Rosa war das nicht unrecht, es passte.

Eines Morgens war auch schon Freitag, und die Mädels sollten um 10.30 Uhr ankommen. Freitag war ein heißer Tag für Autovermietungen, Rosa konnte nicht weg. Frauke wartete mit dem Schlüssel, Sekt und Brötchen waren bereits eingekühlt, und Rosa würde sich um halb zwei dazugesellen. Das war der Plan und, oh Wunder, es lief alles glatt.

›Seid ihr schon da? Ich fliege!‹, tippte sie auf der Heimfahrt von der Arbeit ins Telefon. Nichts konnte ihre Laune trüben an diesem Tag.

»Hello again – you untrue tomato!«

Das Transparent war zwischen zwei Bäumen aufgespannt.

Rosa schmunzelte. Das sollte wohl ›du treulose

Tomate‹ heißen. Ein Hinweis darauf, dass sie der Mädelsrunde den Rücken gekehrt hatte. Natürlich nur räumlich.

»Da seid ihr ja endlich!« Das letzte Stück war sie gerannt. Rosa merkte, wie ihre Knie schwach wurden, als sie nacheinander die Freundinnen in die Arme schließen konnte. Sie hatte tatsächlich feuchte Augen bekommen und war damit nicht allein. Jana, Mona, Elli, Bibi, Maria – jede einzelne suchte nach Taschentüchern.

»Das ist unser Clubhaus!«, sagte Rosa stolz, nachdem alle ihre Nasen geputzt hatten. Es folgte die Führung.

»Oh, ist die herzig!«, Jana war von der azurblauen Küche entzückt. Mit den Worten: »Haben wir nichts zu trinken?«, inspizierte Mona den Kühlschrank, Maria warf sich mit Schwung aufs Sofa, und Elli und Bibi testeten die Betten, um herauszufinden, in welchem sie lieber schlafen wollten.

Das Haus lebte.

»Da wächst ein Gänseblümchen im Garten, das gibt's nicht!« Mona war mit einem Glas in der Hand weiter auf Erkundung gegangen. Die anderen hatten den Ruf aus dem Garten vernommen und gesellten sich dazu. »Und diese schöne Bougan… wie heißt sie noch? Die ist so typisch für den Süden«, ergänzte Bibi.

Kaum hatte sie es ausgesprochen, fuhr Rosa herum. War Carlos hier gewesen, um in aller Herrgottsfrühe ihr Geschenk einzugraben? Das sah ihm so gar nicht ähnlich. Vor zwölf Uhr ging er doch nicht mal ans Telefon.

»Die Erde ist frisch umgegraben«, konstatierte Bibi mit scharfem Blick.

»Ich bin selbst überrascht«, antwortete Rosa und erzählte die Geschichte von Carlos. Wie es kam, dass er als Geschenk einen Babystrampelanzug mitbrachte. Und wie es kam, dass er diesen gegen etwas Blühendes austauschen musste.

»Was? Und uns hast du gar nichts gesagt?« Elli konnte es nicht fassen.

»Nicht mal mir wollte sie es beichten.« Maria seufzte. »Aber ihr kennt sie so gut wie ich, sie kann ja doch nichts verheimlichen!«

»Und wie geht es dir jetzt?«, wollte Jana wissen.

»Es ist, wie es ist. Ich freu mich, dass ihr hier seid und wir feiern können!«

»Sag ich doch, noch immer ganz die alte!«, fasste Bibi zusammen.

Jana ging in die Küche, um Kaffee zu kochen. Und weil Rosa gerade im Erzählen war, fuhr sie fort mit Marti. Die Freundinnen staunten erneut.

»Der ist aber Zucker!« Bibi war ganz gerührt.

»Für welchen wirst du dich entscheiden?«

»Also, bevor ich diesen Carlos nicht gesehen habe, gebe ich keinen Tipp ab«, warf Mona ein.

»Reinkommen zum Geschenk aufmachen!«, rief Jana aus der Küche.

»Ihr habt etwas mitgebracht? Das ist doch nicht nötig, ihr seid mein Geschenk!«

»Für dich haben wir auch nichts mitgebracht, sondern für uns. Wir hatten Marti angesetzt, er sollte ausspionieren, was hier noch fehlt«, erzählte Elli.

»Wir haben uns für eine Espressomaschine entschieden«, fuhr Bibi fort, »deshalb haben wir eine mitgebracht.«

»Mit Milchinsel!«, rief Jana aus der Küche.

»Und du, Rosa, darfst sie versorgen, während wir weg sind. Dann bist du auch nicht mehr so allein. Du wirst sehen, sie spricht mit dir! Und sie braucht dich«, jetzt war Mona dran.

»Fast wie bei einem Baby, täglich musst du dieses ausleeren und jenes nachfüllen. Und einmal im Monat musst du ihr Wartungsprogramm starten. Das dauert drei Stunden«, machte Elli weiter.

»Und falls sie dich nervt, ziehst du einfach den Stecker raus«, schloss Maria und grinste.

Rosa brauchte eine Weile, bis sie das Wunderding, die Antwort auf fast alle ihre Probleme, ausgepackt hatte.

»Ihr habt sie doch nicht im Flugzeug hierher

gebracht?«, fragte Rosa erstaunt, als sie vor dem spuckenden, zischenden und dampfenden Gerät stand.

»Sehen wir so aus?«

»Marti hat sie für uns bestellt.«

»Wir haben sie dann nur auf dem Weg vom Flughafen abgeholt.«

Rosa schüttelte ungläubig den Kopf. »Ihr seid ein Gespann!«

»Wieso, so uneigennützig war das nicht von Herrn Virtanen. Erinnere dich, er ist schließlich auch Teilhaber«, fasste Elli die Lage wahrheitsgetreu zusammen und wischte sich den Milchschaum von der Nase.

Und ich hab ihn im Appartement nächtigen lassen, dachte Rosa, wie einfühlsam von mir!

49

In der Küche herrschte emsiges Treiben, und offenbar war Rosa die Einzige, die noch im Bett lag. Es zischte, gurgelte und spuckte, die Espressomaschine war im Einsatz. Rosa zog sich die Decke über den Kopf. Als sie erneut aufwachte, rauschte die Dusche. Irgendjemand schien immer zu duschen bei sechs Personen im Haus. Rosa streckte sich und beschloss, sich zu den anderen zu gesellen.

»Guten Morgen!«, grüßte Jana freundlich, während sie die Eier abschreckte. Der Tisch war gedeckt, die Uhr zeigte kurz nach neun.

»Ihr steht ja früh auf.« Rosa gähnte. »Wenn ich mal ausschlafen kann, liege ich bis elf.«

»Warum hast du nicht erwähnt, dass du einen Hund hast?«

»Leute, bitte!«, stammelte Rosa. »Ich hab mit Sicherheit keinen Köter.«

»Lass sie doch erst einmal einen Kaffee trinken«, ermahnte Jana Elli mit strengem Blick.

»Im Garten hinten hab ich etwas entdeckt, das wie eine Hütte aussieht, allerdings für ein ordentliches Restl*«, flüsterte Elli Jana ins Ohr und verdrehte bei der Größeneinschätzung die Augen. Jana blieb unbeirrt, machte lediglich eine abfällige Handbewegung.

»Was machen wir heute?« Die Mädels besaßen so viel Anstand, mit ihrer Frage zu warten, bis Rosa ausgetrunken hatte. Vielleicht war es auch reiner Selbstschutz.

»Vorschläge?«, antwortete Rosa knapp. Die Energie, die ihre Freundinnen mit hierher gebracht hatten, war ungewohnt. Langweilig hatte sie es im Haus nicht gehabt, aber beschaulich. Und sie selbst war zur Ruhe gekommen. Als wäre sie im Zentrum des Wirbelsturms gelassener geworden. All die Fragen, wie sie sein wollte, mit Mann, Affäre oder Geliebtem, schwanger, nicht schwanger, halb schwanger, mit und ohne Mädelsrunde, Katzen, Familie usw. Nun war sie einfach. Und es war gut. Unbemerkt hatte ihr Leben Konturen bekommen. Als wäre heißes Karamell abgekühlt und dabei fest geworden.

»In Santa Agnes war's am schönsten«, schwärmte Jana am Abend in der Bar Anita. Das einsame Landesinnere hatte es den Freundinnen angetan.

»Meinst du, bevor Mona kotzen musste oder

---

* Mensch von stämmiger Statur

danach?«, entgegnete Bibi lachend und zündete sich eine Zigarette an. Sie saßen unter dem alten Blätterdach auf wackeligen Stühlen und schlürften Hierbas*.

»Die Zickzackwege waren gemein.« Maria zeigte Verständnis für Mona, die noch immer bleich vor ihrem Pfefferminztee saß.

»Ich fand's am besten, als wir uns alle zusammen in die Wiese gehockt haben«, fasste Elli ihre Eindrücke zusammen, »und nur die Schafe haben zugeschaut.«

»Wieso ist Ibiza für viele nur Partyinsel? Ich habe selten so viel Natur gesehen«, meinte Elli und schüttelte den Kopf.

»Und was machen wir morgen?«, fragte Jana.

Alle fünf schauten erwartungsvoll in Rosas Richtung.

»Morgen geht's in den Westen zum Sonnenuntergang. Seid ihr einverstanden?«

Alle nickten brav.

»Und übermorgen?«

»... ist Montag. Ich muss wieder zur Arbeit, und Frauke macht euch die Reiseführerin.«

»Gute Idee!« Mona holte Lipgloss aus der Hosentasche und pinselte damit ihre Lippen an. Sie war schon jetzt gerüstet.

---

* Hierbas ibicencas: anishaltiger Kräuterlikör, wird auf Ibiza hergestellt

50

Sonntag, der letzte Ausflugtag mit den Mädels, verging wie im Flug. Sie fuhren nach Eivissa und schlenderten durch die Altstadt Dalt Vila. Von der mächtigen Stadtmauer aus hatten sie einen wundervollen Blick über die Stadt, die umliegenden Hügel, über den Hafen und bis nach Formentera.

»Glaubst du, ist uns der Campari-Gott gnädig, und wir schaffen es vorm Sonnenuntergang ins Café del Mar?«, fragte Maria.

»Über die Schnellstraße könnte sich das ausgehen«, antwortete Rosa, »in die Touristenhochburg Sant Antoni wollt ihr? Seid ihr da sicher?«

»Wir sind Touristen«, meinte Mona gelassen.

Rosa ging voran. Durch die engen Gassen des Weltkulturerbes gelangten sie bis zum Stadttor.

»Ihr müsst aufpassen, die Steine sind glatt!« Rosa drehte sich um und sah Jana bereits auf dem Boden sitzen.

Am darauffolgenden Morgen war es ruhig im Haus.

Frauke hatte die Freundinnen in die Schmuckboutique mitgenommen, was die Frauen goutierten.

Wie schön wäre es jetzt, Martis Frohsinn zu spüren. Seine Verse zu hören am Morgen, wenn die Sonne sich am Himmel zeigte. Ja, es war eine Freude, wenn man in Finnland die Sonne sehen konnte. Seine Bodenständigkeit, seine lebensbejahende Haltung und sein Vertrauen in den Lauf der Welt – all das fehlte ihr. Carlos gab es, aber er hinterließ keine Lücke, wenn er nicht da war. Rosa drückte den Kaffeeknopf.

›Bitte Wasser einfüllen‹, stand am Display. Rosa tat es und drückte erneut.

›Bitte den Kaffeesatzbehälter reinigen.‹

Rosa tat es und drückte erneut.

›Bitte die Auffangschale entleeren.‹ Nun wusste Rosa, was die Mädels gemeint hatten. Heute hatte sie keine Lust auf Konversation. Es war doch erst VEZ: Vor-Espresso-Zeit! Rosa zog sich an und verließ das Haus. Nicht, ohne vorher den Stecker rauszuziehen. Ihre Milch würde die Maschine heute nicht bekommen, bäh! Beinah hätte sie die Zunge rausgestreckt. Aber es war ohne Bedeutung, niemand konnte sie sehen, sie war wieder allein. Sie startete ihr kleines Vehikel und fuhr los. Wenn es stimmte, dass man die Welt durch die Brille des geliebten Menschen sehen konnte, dann fehlte ihr auch Martis Blick auf die Welt. Er ließ die Welt kommen, rannte ihr nicht hinterher. Wenn sie jetzt an ihn dachte, gingen ihre Mundwinkel in die Höhe, und ihre Augen betteten sich in Fältchen. Warum hatte sie es solange nicht sehen können?

Und nun? Sie musste ihn loslassen. Das war keine leichte Aufgabe, aber wenn er wollte, konnte er seine sportlichen Abenteuer beenden, so wie sie es getan hatte. Danach müssten sie endlich Klartext reden! Und Carlos? Auch wenn sie anfangs gedacht hatte, sich in ihn verliebt zu haben, war sie nicht auf der Flucht gewesen? Vor Kränkungen, der Gefühllosigkeit und ihrem erstarrten Leben zu Hause?

51

»Hallo, Rosa, wir stehen vor Eivissa. Kannst du uns abholen? Stell dir vor, ich will eben rausfahren aus dem Kreisel, da schneidet eine alte Rostschüssel auf meine Seite. Das Auto hat nur eine Delle, aber wir zwei sind fix und fertig.« Maria seufzte ins Telefon.

»Bleib, wo du bist und, wenn es geht, halte den Fahrer hin.« Rosa sprang auf. »Jetzt geht's los, Frau Bodo. Rufen Sie die Polizei!«

Keine Viertelstunde später traf Rosa an besagtem Kreisverkehr ein, noch vor den Sicherheitsbeamten. Touristen kurvten in Mietautos umher, wohin man blickte. Wie leicht konnte man jemanden antouchieren, überhaupt einen ausgewiesenen Fremden! Am rechten Fahrstreifen stand Maria und hielt sich an einer Zigarette fest. Als sie Rosas Auto erkannte, winkte sie.

»Tut mir leid, der Fahrer war einfach weg, nachdem ich ihm meine Daten gegeben hatte. Zuvor hatte er noch gemeint, um die Ecke wäre eine gute Werkstatt.«

Nun seufzte Rosa. »Lass mal sehen.« Sie überflog ihr Datenblatt. »Du bist nur teilversichert, weißt du das?«

»So etwas kann auch nur mir passieren!«

»Schön wär's. Denk nach, kannst du mir keinen Anhaltspunkt geben?«, fragte Detektivin Rosalie.

»Wir haben Lackspuren hier am Auto – und es war ein Mann.«

»Wie ein Südländer sah er aus, lange dunkle Locken, sprach aber gut Deutsch«, ergänzte Elli, die aus dem Auto geklettert war.

»Ach, wahrscheinlich ist es immer jemand anderes.« Rosa wurde es schwummerig. »Steigt ein und lasst uns fahren! Der Abschleppwagen muss bald hier sein.«

»Was?«, fragte Elli erstaunt. »Wir sollten auf die Polizei warten.«

Rosa machte eine abwehrende Handbewegung. »Wir haben keine Beweise!«

Gerade, als sie versuchte auszuparken, bremste sich ein Polizeiauto vor ihr ein.

»Buen día. Hablas español*?«

»¡Buenos dias! Me temo, por desgracia, muy poco**!«

»English? Deutsch?« Rosa nickte.

»Haben Sie einen Unfall gesehen?« Rosa schüttelte den Kopf. Maria rief vom Fond: »Da drüben

* Guten Tag, sprechen Sie Spanisch?

** Guten Tag, ich fürchte, leider zu wenig!

steht mein havariertes Auto!« Na bravo, dachte Rosa, das hieß wohl: Hopp, aufs Revier! Der Weg dorthin führte durch die belebte Einkaufsstraße. Rosa sah Kinder Eis essend am Straßenrand sitzen und Pärchen Händchen haltend zwischen den Geschäften schlendern. Plötzlich rechts vor ihr, ein quietschgelbes Auto, flankiert von zwei Polizisten. Sie stieg aufs Gas. Im Rückspiegel konnte sie sehen, wie ein Mann mit dunklen Locken dem Auto entstieg. Einen Moment lang zögerte sie, dann sprang sie aufs Bremspedal. Der Fahrer hinter ihr überholte mit einer heftigen Handbewegung in Richtung Kopf und Rosa stieg aus. Wie konnte Carlos ihr das antun? Wahrscheinlich hatte er sich auf kriminelle Weise nicht nur Einkünfte verschafft, sondern sie, Rosa, auch mit hineingezogen. Die Log-Ins auf ihrem Laptop. Hatte er mit ihren Zugangsdaten etwa Einblicke in die Firmenlisten genommen? Klar, er brauchte nur noch nachzusehen, wo wann wer unterwegs war, um den Neulingen aufzulauern. Für heute hatte er die Rechnung ohne Maria und Elli gemacht. Sie kannten die Insel und ihre Gegebenheiten gut genug, um einen Totalschaden zu verhindern. Rosas Schritt wurde schneller, bloß zwei Meter trennten sie von dem Dreiergespann. Sie spürte, wie Wut in ihr aufstieg. Ohne auf die Beamten Rücksicht zu nehmen, riss sie den gelockten Mann am Ärmel herum.

»Du Schwein!«

Stille. Okay, der Mann sah aus wie … Puyol … ein wenig, oder wie Carlos, aber es war nicht Carlos! Er sah ihm lediglich ähnlich. Die Polizisten staunten nicht schlecht, als die aufgebrachte Frau sich höflich vorstellte und entschuldigte. Dann zog sie, etwas geknickt, wieder ab. Was sollte sie noch hier? Den Fahrer attackieren, warum er nicht Carlos sei, so, wie sie sich das vorgestellt hatte? Es war so schon mehr als peinlich. Auf ihren Wirklichkeitssinn war kein Verlass mehr!

»Kommen Sie bitte aufs Revier!«, rief einer der Beamten hinterher.

»Ich bin auf dem Weg dorthin!«, antwortete Rosa mit einem Achselzucken.

52

Jetzt fehlte es nur noch, dass sie meine DNA in dieser Rostlaube finden, dachte Rosa. Sie musste an den Ausflug mit Carlos denken, bei dem sie in einem solchen Auto unterwegs gewesen waren. Aber, der Fahrer war ja nicht Carlos! War sie schon völlig verwirrt? Maria und Elli waren zur Einvernahme aufgerufen worden, und sie stand wohl unter Schock.

»Carlos, wo bist du?« Warum war sie nicht gleich auf die Idee gekommen, ihn zu den mysteriösen Vorfällen zu befragen? Dass Marti vor unangenehmen Unterredungen die Flucht ergriff, hatte schließlich nichts mit dem Spanier zu tun! Erleichterung machte sich breit.

»Im Laden deiner Schwester also. Horch …«

»Ich kann jetzt nicht reden, Rosita. Erinnerst du dich an Joaquín? Er hat ein ernstes Problem. Er braucht jetzt einen Freund, verstehst du?« Rosa war sprachlos. »Wir treffen uns um sieben am Strand!«

Rosa sah Carlos schon von Weitem kommen. Er wirkte gehetzt, was ungewöhnlich für ihn war.

»Was ist los?« Sie nahmen sich zur Begrüßung kurz an den Händen.

»Das wollte ich dich fragen. Du warst bei der Polizei?« Seine Stimme klang alarmiert.

»Ja, ich habe das Auto gesehen, das unserer Wagenflotte seit Monaten Probleme bereitet.« Rosa blieb gelassen.

»Zwei Unfälle waren es, und kein einziger mehr!« Carlos klang aufgebracht.

»Woher weißt du? Ich habe nichts erzählt ...«, stammelte Rosa nun.

»Es trifft immer die Kleinen. Dabei hat mein Onkel keine Schuld, er kann eben nicht Auto fahren. Okay, er besitzt keinen Führerschein, aber er ist deshalb kein Verbrecher!«

»Und die Log-Ins von meinem Laptop? Du warst doch dran, sag mir die Wahrheit!« Bestünde Rosas Blick aus Materie, es wäre reinster Jalapeño-Chili.

»Ich wollte ihm helfen, etwas Entlastendes herauszufinden.« Er zündete sich eine selbstgerollte Zigarette an. »Hättest du mir denn geglaubt?« Carlos inhalierte tief. »Und Joaquín, der seine angeblichen Bio-Weine hektoliterweise mit Sulfiten und ›Eichenchips Vanillegeschmack‹ anreichert, ist wie immer fein raus! Ich wette, ihm wird nicht mal jetzt etwas passieren, wo sie ihm Natamycin nachweisen konnten.«

»Das Anti-Pilzmittel?«

Er nickte. Jetzt griff auch Rosa zur Zigarette.

53

Tags darauf sollten die Mädels abfliegen und Rosa wollte es sich nicht nehmen lassen, sie zum Flughafen zu bringen.

»Du brauchst nicht mitzukommen«, Maria umarmte sie, »ich weiß, du magst keine Abschiede.«

»Busserl, baba und bis bald.« Elli war jetzt dran, und Bibi kündigte an: »Das nächste Mal bleib ich länger.«

»Ich auch«, warf Mona ein, »ich komme mit Begleitung!«

»Machs gut und komm bald heim«, Jana war den Tränen nah. »Übrigens, was ist mit deinem Marti? Hat er noch diese brasilianische Reiterin?«

Maria trat ihr in diesem Moment gegen das Schienbein.

»Aua!«, maulte Jana beleidigt, »das darf ich auch nicht sagen?« Sie warf Maria einen scharfen Blick zu.

»Machen wir's kurz.« Rosa nahm all ihren Mut zusammen: »Bis bald!«, sagte sie tapfer.

Da stand sie vor ihrem Häuschen und winkte ihnen hinterher. Sie bemerkte ein Ziehen in der

Magengrube und ein Flattern in der Brust. Und dann wusste sie, was es bedeutete: Sie wäre gern mitgeflogen.

»Frauke, du musst mir helfen!«, mit diesen Worten stürzte sie bei der Nachbarin zur Tür hinein. »Kannst du mein Gänseblümchen und die neue Bougainvillea gießen, während ich weg bin?«

»Aber sicher, Schätzchen!«

Frauke fragte nicht viel, sie war Gold wert. »Wenn du eine Vertretung brauchst, ich kenne mich aus im Autoladen. Nur so, zur Info!«

Jetzt staunte Rosa nicht schlecht: »Das würdest du tun?« Frauke lachte: »Klar, das habe ich getan, lange vor dir. Ich sagte bereits, mal dieses, mal jenes.«

Der Stein, der Rosa in diesem Augenblick von der Brust fiel, war beinah hörbar. Alle Überlegungen, nach Österreich zu fahren, waren bisher an ihrem Pflichtbewusstsein gescheitert. Sie hatte einen Job und damit Verantwortung übernommen.

»Nur so, als Urlaub«, versuchte Rosa zu erklären, was nicht zu erklären war.

»Du brauchst dich nicht zu rechtfertigen«, Frauke nahm sie an den Händen, »ich wünsch dir Licht und Liebe!«

53

Am nächsten Tag saß Rosa im Flieger nach Viena. Ihr Herz klopfte bis zum Hals, als das Flugzeug den Prater und das beleuchtete Riesenrad überflog. Sie hatte niemandem etwas verraten, wie lange war sie eigentlich weg gewesen? Es fühlte sich an wie ein halbes Leben.

Als sie ihren Koffer an einem Werbeschild mit Tafelspitz vorbeirollte, zog es ihre Mundwinkel unweigerlich nach oben.

»Taxi, bitte!« Rosa winkte, und ein Auto fuhr zu. Die 20 Minuten im Fond des Wagens waren endlos. Sie war allein mit dem Fahrer, der Dunkelheit und ihren Gedanken.

Piep piep piep. Das Display zeigte eine Nachricht von Frauke. ›Hi Süße, es gibt Neuigkeiten: 1. Die Autobande ist endlich geschnappt und Carlos' Onkel frei; 2. in unserem Garten hat sich eine Obdachlose eingenistet. Sie sagt, sie kennt dich aus der Praxis. Ich meine, solange sie nichts kaputt macht, ist okay, oder? Küsschen F.‹

Rosa überlegte, ob sie das Handy zum Fenster rauswerfen oder selbst hinausspringen sollte.

In diesem Moment meldete sich der Fahrer, der den Straßennamen in sein Navi eintippen wollte. »Wohin, gnä' Frau?« Er drehte sich zu ihr und wartete. Rosa wandte den Blick gen Himmel, als könnte sie die Antwort am Autodach ablesen, doch da stand nichts. Sie überlegte. Marti würde sie gerne wiedersehen, ja, aber untergeschlupft wäre sie vorerst lieber bei Maria. Dann hätten Marti und sie Zeit für Annäherungsgespräche, und die waren nötig. Vielleicht hatten sie eine Chance ... , dachte sie, man würde sehen, ihr blieb immer noch Ibiza ...

»Zanderplatz 16.« In diesem Augenblick gab es kein Zurück mehr.

Ob sie Maria nicht vorher Bescheid sagen sollte? Sie nahm erneut ihr Telefon zur Hand. Mit zitternden Fingern tippte sie in das Ding, das sie sowohl mit der Vergangenheit als auch der Zukunft verband: ›Hallo, komme dich besuchen. Bin schon auf dem Weg. Lg, Rosa.‹

Die Antwort ließ nicht lange auf sich warten: ›Geht nicht, bin in Wien. Sorry M.‹

Und jetzt? Pläne machen lief perfekt, immer schon, dachte Rosa. Das einzige Problem war, dass ihr Leben eigene Vorstellungen hatte, und davon unbeeindruckt blieb. Nach einigem Zögern wählte Rosa die altbekannte Nummer. Auf ihrem inneren Terminkalender blinkte ›Nicht vergessen: klärendes Gespräch noch heute Abend!‹ auf.

»Hallo, Rosa?«

»Ja, ich bin's. Ich wäre jetzt da.«

Rosa sah Marti schon, als der Wagen in die Gasse einbog. Er hatte beide Bubbas im Arm, was sie sogar im Dunkeln ausmachen konnte.

Marti küsste Rosa auf den Mund und setzte ihr die beiden Fellbündel in den Arm. Dann trug er das Gepäck ins Haus.

Es war, als hätte er Rosas Ankunft für heute Abend in seinem Timer notiert gehabt.

»Du fragst gar nicht?« Rosa stand im Eingang und setzte die verwirrten Katzen ab. Marti ging auf sie zu und drückte sie so fest, dass ihr die Luft wegblieb.

»Was gibt es zu fragen? Du bist hier«, antwortete er dann.

Zwei Monate später

Marti blickt auf die Nummer an der Tür. »Hier muss es sein.«

»Du sagst mir jetzt alles, was ich wissen muss!« Rosa sprach in ungewohntem Befehlston.

»Da gibt es nicht viel.« Marti fuhr sich durchs Haar. Was war das hier, ein Verhör? »Sie ist die Frau eines brasilianischen Fußballers, er war dauernd unterwegs. Na, wie das halt so ist.«

Wie das halt so ist, wiederholte Rosa unhörbar.

»Ich habe zu der Zeit die Reithalle umgebaut, und sie hat mich angesprochen«, sein Auge zuckte, »sie war sehr ... wie soll ich sagen – initiativ.«

»Keine Details, bitte!«, unterbrach Rosa ihn und verdrehte die Augen. Es war schon so schwer genug.

»Wir waren nicht lange zusammen, ein paar Monate. Vielleicht solange wie du und Carlos«, der Blick in ihre Richtung saß. Bingo! »Danach ist sie wieder zu ihrem Mann zurückgegangen. Ich habe nichts mehr von ihr gehört, bis heute Morgen. Da bekomme ich eine SMS, dass sie im Krankenhaus liegt. Ich hoffe nur, sie will sich nicht verabschieden. Du weißt schon.« Marti hasste Krankenhäuser. Kranke Menschen taten ihm dermaßen leid, dass ihm dabei leicht übel wurde. Der Umstand, dass es sich hier um ein winziges Landspital handelte, ließ es wenigstens nicht zum Äußersten kommen.

»Jetzt beruhige dich erstmal und mach das Papier von den Blumen. Zimmer 102, Chirurgie, sagst du?« Rosas Entschlossenheit war gefragt. Kein Problem, herausfordernde emotionale Begegnungen hatten jahrelang auf ihrem Trainingsplan gestanden!

Sie riss die Tür auf. Drinnen war es still und die Vorhänge waren zugezogen. Die Augen mussten sich erst an die veränderten Lichtverhältnisse gewöhnen. Sie traten ein. Eine Frau schlief, eingewickelt in Decken – und ein winziges Menschenkind strampelte munter vor sich hin. Auf dem Tisch lagen blaue Söckchen und zerknülltes Geschenkpapier.

»Das Ereignis ist ein freudiges«, flüsterte Rosa, nachdem sie sich über den Winzling gebeugt hatte und sich bereits Gedanken machte, mit welcher Bezeichnung sie sich anfreunden sollte: Besuchs-Beiwagerl*, Halb-Stiefmutter oder Lebensabschnitts-Tante?

Ich hab mir ein Kind gewünscht, und diese fremde Frau hat eines bekommen. Sie schluckte. Aber wozu habe ich Beinah-Hippie-Erfahrung?, schoss es ihr durch den Kopf. Love and Peace, und alle Menschenkinder haben sich lieb?

---

* Beiwagerl: wienerisch für Begleitung

Sie versuchte ein Lächeln, es gelang ihr nicht.

»Sehr brasilianisch sieht er nicht aus, der Kleine.« Der Mann an ihrer Seite war blass geworden. Lag es an der schlechten Krankenhausluft oder daran, dass er begriff, dass das Leben manchmal Saltos schlug?

Rosa holte tief Luft.

»Marti, er sieht aus wie ein Finne!«, sagte sie noch, bevor der Wikinger mit einem Krachen aufschlug, und den Krankenhausboden küsste.

ENDE

Ich danke Helmut Klikovits für seine Unterstützung und Begeisterungsfähigkeit, Karin Ivancsics für die guten Gespräche und ihre Gastfreundschaft, Claudia Senghaas für ihr Vertrauen und die Beantwortung meiner Mails zu fast jeder Uhrzeit, Traude und Hans Wolf für ihre liebevolle Offenheit, Susanne Kramer, Uli Hausdorf & Günther Hadler sowie Ulli Steiger-Hirsch für so manche Aufmunterung, Lorenzo Al Dino für seine unbeschreibliche Musikmischung, und last but not least – Ibiza, in das ich mich 2004 verliebt habe, und seinen Menschen, die mich zu dieser Geschichte inspiriert haben: Love and light to you all!